SpecTator

BBULMEDIA FANTASY STORY

SpecTator

스펙테이터

약먹은인삼 퓨전 판타지 소설

12

Contents

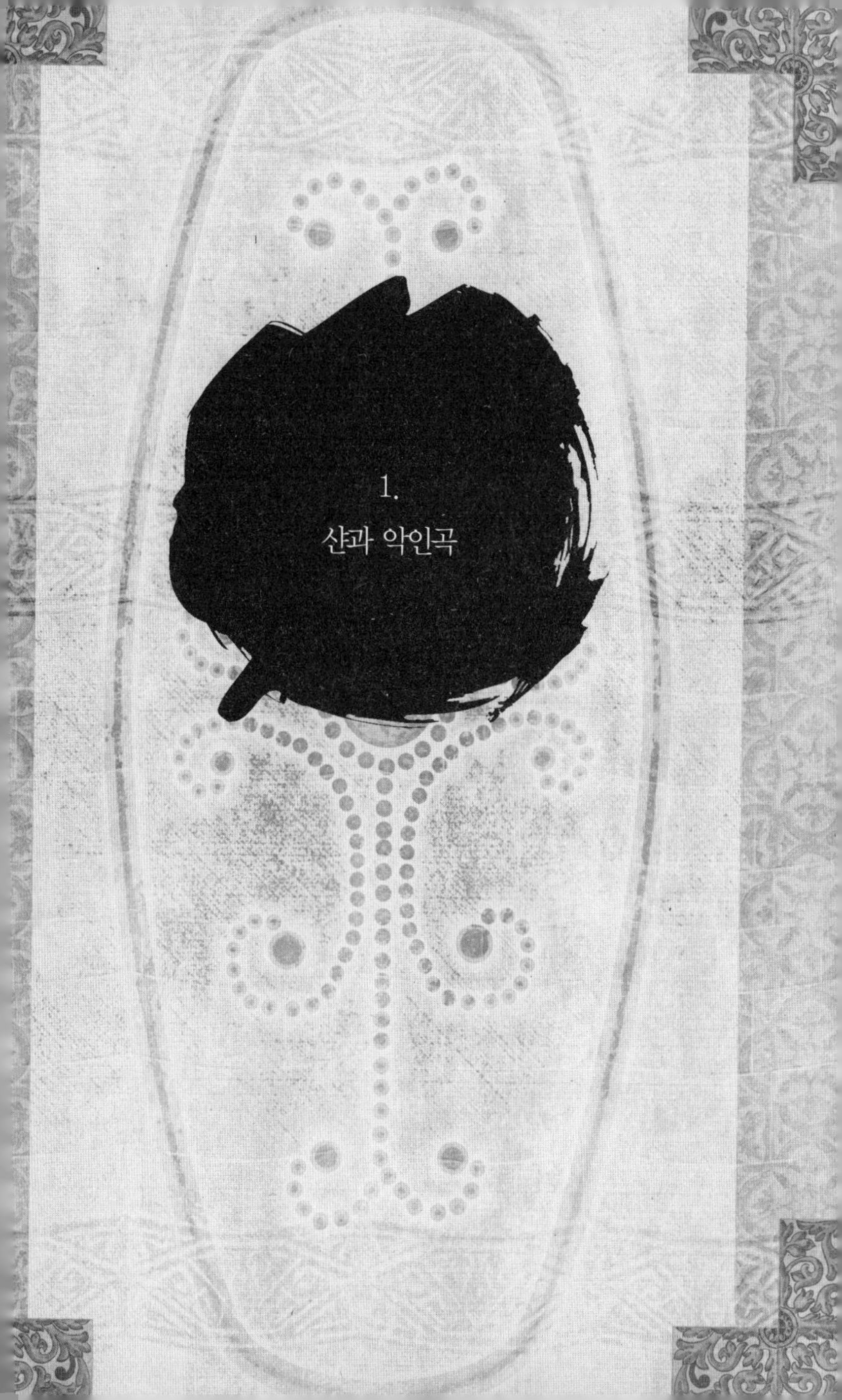

1.
샨과 악인곡

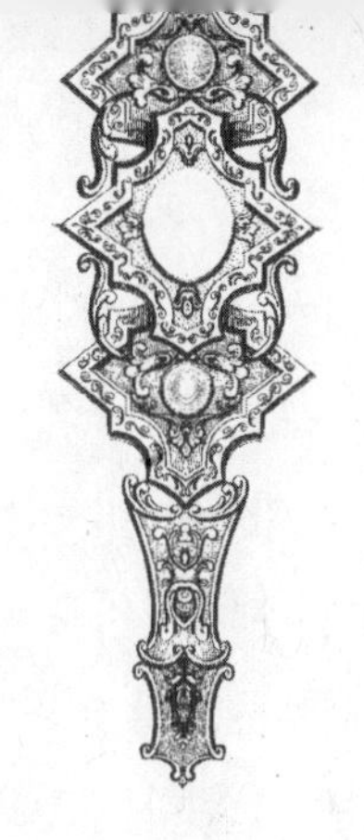

샨은 에일락 반테스를 궁전의 가장 높은 방으로 인도했다.

셋레인의 모든 전경이 한눈에 내려다보일 만한 위치였는데, 기이한 것은 팔방의 자리에 구슬을 입에 문 동물조각상이 있다는 점이었다.

내부에는 각기 다른 색의 영롱한 빛을 띤 속성력이 넘실거렸다.

샨은 조각상들이 팔괘를 담당하는 영험한 짐승이며, 입에 문 것은 여의주라고 하였다.

"라훌 일족에게는 두 가지의 염원이 있소. 제국에게

복수하는 것이 하나이고 자유로이 사는 삶이 둘이지."

나아가 눈 아래의 모든 풍경을 가리켰다.

"보다시피 셋레인의 가옥을 비롯한 모든 시설이 거대한 팔괘진을 이루외다. 대자연의 기를 모으고 정제하며 혈신술의 효과를 극대화는 역할을 하오. 이후 순도가 제일인 선천의 기운을 왕이 취하는 거요."

이른바 개정 대법으로서 몸을 태아와 마찬가지로 순후하게 하는 효과가 있었다.

모여든 기운들은 조각상들에 따라 각각 속성별로 응집하며 2차의 정화 과정을 거쳐 왕의 영약이 된다.

15령가 역시 이를 흉내 내 독자적인 수련실을 만들었으나 왕에게 모든 힘이 집중되는 셋레인의 구조상 그 크기와 순도에는 따라잡을 수 없는 차이가 여실했다.

여기까지 말한 샨이 의미심장한 이야기를 했다.

"제국을 이기고자 발버둥친 우리의 모든 노력을 지금 본 거요. 한데 제국은 영악하게도 이를 모두 가져갔소이다."

대륙에는 없던 풍수지리와 진법이라는 지식.

여기에 마법과 문신술을 더하여 제국 황실에 설치했다.

물자와 인구가 부족한 셋레인보다 모든 면에서 풍족한 란티놀 제국이 이를 통해 얼마의 강자를 만들어 냈을지는 섣불리 짐작할 수 없을 정도였다.

[한데 이 이야기와 악인곡이 무슨 상관이 있는 거요?]

"장차 제국 공략을 위한 첨병으로 그들만큼 효과적인 전력이 없음을 말하기 위함이외다. 죄인들에게 면죄부를 허락한 까닭이 바로 여기에 있소."

이야기를 듣던 에일락 반테스가 샨에게 물었다.

[그대는 전쟁에 참여하지 않을 생각인 듯 보이는구려.]

"제대로 보았소이다. 정확하게 표현하자면 나는 셋레인을 벗어날 수가 없소. 그리고 이는 제국 황제를 비롯한 몇몇 강자 역시 마찬가지일 것이오. 내 지금부터 제국의 강함과 약함을 짚어 드리리다."

[경청하리다.]

샨이 물음과 함께 이야기를 시작했다.

"그대는 염원과 투영의 힘을 아오?"

모든 스킬과 new century에 존재하는 비기에 공통된 특성이 그것이었다.

겨룬다는 것은 서로가 품음 이상과 뚜렷한 이미지를 얼마나 강력하게 염원하느냐와도 같았다. 투영이야말로 세계의 법칙이다.

샨의 이야기는 그것에서부터 출발하였다.

“혈신술은 기실 아무도 대성한 바가 없는 미완의 비술이외다. 기존의 문신술에서 탈피하고 더 신령한 것을 추구하며 탄생시킨 탓이지. 여기에 현존하지 않는 존재와 계약하며 한 몸이 되는 것이기에 부담이 더욱 크다오.”

다른 존재와 합쳐지면서 자신의 자아는 유지하는 방법은 단순히 의지로 이기고 극기로 이룩한다는 말과는 궤를 달리했다.

더불어 자신보다 강력한 존재를 소환하는 것이기에 부담감은 배가될 수밖에 없었다.

그러나 강해지기 위해 해내야 했고 여기에서 온갖 상상력이 동원됐다.

“혈신술의 후반 구결이 추측과 형이상학적인 어구로 채워진 건 이 때문이외다. 아무도 대성한 이가 없었거든.”

가장 근접한 높은 경지까지 혈신술을 이룬 이가 샨

본인이었다.

그러나 염홍령과 한 몸을 이룰수록 라훌의 일족인 샨의 존재는 희미해졌다. 다른 세계와 지나치게 소통하며 그쪽 세계로 융화된 이유였다.

이른바 서서히 죽어 가는 거였다.

그러던 중 기적이 일어났다. 세 번째의 왕위 투쟁에서 승리를 거머쥐고 부동의 강자임을 증명했을 때였다.

참관하던 라훌 일족부터 모든 셋레인의 사람들이 열렬히 환호하는 그 순간 신체가 전성기의 젊음을 되찾더니만 염홍이 더욱 뜨거운 불꽃을 뿜었다.

흥미로운 사실은 자신이 생각한 모습이 아니라 셋레인의 백성들이 원하는 모습으로의 변화였다는 거였다.

젊을 적 자신의 초상화를 그린 벗의 아들이 장난으로 눈썹을 길게 덧칠한 적이 있었다. 이에 그의 친구가 호되게 야단치고 다시 그리려 했으나 샨은 개의치 말라고 두었다.

웃을 일 없는 셋레인에서 이런 것으로나마 웃으면 좋다는 생각 탓이다.

한데, 궁전과 달리 셋레인에 퍼진 그 초상화의 내용대로 자신의 몸이 변모하였다.

이를 통해 샨은 하나로 모인 간절한 염원이 어떤 역사를 이루어 내는지를 알았다.

"10년마다 교체되는 가장 강한 누군가에서 이른바 역대 최강이라는 수식어가 붙는 순간 셋레인의 모든 이가 꿈을 꾸게 된 거요. 영웅을 그리게 된 것이지."

일족의 왕으로서 격을 이루었다는 의미였다. 스스로 펠마돈을 깨우치고 우뚝 선 것이 신격이라면 샨의 사례는 모두가 힘을 합쳐 만들어 낸 왕격이었다.

이와 연관 지으면 왜 셋레인을 샨이 떠날 수 없는지도 명료하게 답이 나왔다.

[왕궁을 비롯한 지시랏트 전역이 그대의 성역이자 신전인 게로군. 신도들은 라훌 일족 모두이고.]

"감히 신을 자칭할 순 없으나, 정확한 표현 같소."

태양왕은 가능하다, 이번만큼은 할 수 있다. 그가 불가능하면 누구도 할 수 없는 거다.

이 염원이 한 핏줄이라는 셋레인의 특성과 팔괘진법으로 지어진 구조와 맞아떨어졌다. 대무녀 라탁슈낙이 운명의 실로 라훌 일족의 염원을 집중시킨 것 역시 한몫했다.

"그렇다면 이건 신물이 되겠구려."

샨은 그 상징이라며 한 자루의 창을 보였다.

이른바 젊음을 얻으며 탈피했는데 그때 자신이 벗은 허물로 제련한 창이었다.

붉은 수실이 달리며 양 한쪽에 월아(月牙)가 붙은 창의 생김새는 이상현의 기억으로 매우 익숙했다. 방천화극(方天畵戟)이었다.

"대무녀께서 무신의 상징이라 하더군."

에일락 반테스의 검과 갑옷처럼 샨 역시 전력을 극대화하고 영이 소통하는 무구였다.

매우 만족스러운 표정의 샨만큼이나 방천화극 역시도 마주 진동하며 호응했다.

의식의 속도로 적을 관통하는 어검술과는 다른 극단의 힘이며 모든 것을 불사르는 지옥불 같았다.

"그대는 진정으로 강하오. 일족의 모든 염원을 짊어진 내가 감히 승리를 장담할 수 없을 만큼이지. 그러나 이토록 강력한 그대라 하여도 제국과 전면전을 벌이는 것은 이란격석(以卵擊石)이외다."

샨은 에일락 반테스에게 어검술로 자신을 공격해 보라고 권했다.

즉시 그란디움 발베란이 날아들어 그의 몸을 관통했

다. 그러자 엉뚱하게도 왕궁의 한 층이 와장창 부서졌다.

자신이 입은 피해를 다른 곳에 전가하는 기술이었다. 대지의 뿌리와 매우 유사했다.

"상대의 공격을 무시할 수 있고 나의 위력은 더욱 배가 되오. 이 육신이 염원으로 빚어진 라훌의 영웅인 까닭이지. 문제는 란티놀 제국의 황제 역시 나와 같은 상태일 거라는 거요. 아니지, 오히려 더할 거외다. 척박한 이곳에 비하면 사람이나 물건 모두 풍족한 대륙이거든."

[어째 자신을 죽이라는 듯이 들리는군.]

"그렇소. 악인곡의 마인들을 통해 제국인의 믿음을 무너뜨리는 방법과 제국민을 학살하여 염원의 크기를 줄이는 것이 있소. 하나, 이는 극단적인 수단들이니 효과적인 대안을 찾는 것이 바람직할 거외다."

샨이 자신을 가리켰다.

"나를 제3의 방법으로 철저히 무력화시켜 보시오. 죽지 않는 자를 죽이는 방책을 마련하지 않는다면 그대는 패배할 것이며, 함께하기로 한 우리 역시 멸망할 거외다."

성역을 벗어날 수 없다는 뜻이니 달리 말하자면 고립

시킬 수 있다는 의미였다.

하지만 이는 복수라는 목표를 포기하는 것이나 마찬가지였다.

샨의 말에 에일락 반테스는 크게 고민하지 않았다.

말이 끝나기 무섭게 검이 방을 누볐다. 여의주를 문 조각상들을 삽시간에 토막 내고 허물어뜨렸다.

"진법의 중추를 노리는 방법. 나쁘지 않으나, 백 년을 넘게 자리한 사물은 영성이 깃들더군. 쉽게 사라지지 않는다오."

이른바 대자연의 기가 응어리지며 조각상의 형태를 이루었다. 조각상이라는 틀이 없어도 그 자리에서 본래의 역할을 감당하기에 충분했다.

에일락 반테스는 다시금 이를 무너뜨린 뒤 환혼력으로 여덟 자루의 얼음 검을 만들었다.

각 석상의 자리에 꽂으니 속성별로 뭉치던 영험한 조각상의 기운이 흩어졌다.

그 상태에서 재차 공격하자 이번엔 샨이 두텁고 강력한 경계를 만들었다.

공간을 점유하고 허공을 격하는 어검술만큼의 넓이는 아니었지만 샨의 방천화극 역시 딱 창의 길이만큼은 의식의 속도로 움직일 수 있었다.

창의 몸체와 충돌한 에일락 반테스의 검이 그의 검집으로 돌아왔다.

[막은 걸 보니 피해가 있을 듯한가 보군.]

"얼음[氷]이라는 속성력 역시 진법의 영향 안에 있거늘, 알 수 없는 일이로고."

[법력을 그대가 어찌 알겠는가.]

물결치던 샨의 눈썹이 굳은 낯을 표현하듯 딱 멈추었다.

이상현이라는 신의 힘이 가미된 환혼력의 효과였다. 신격이 일부 담겼다 하여도 능히 간섭하고 차단할 수 있었다.

그는 진법의 중추를 찾지 못했을 때를 대비하여 외부 건물을 무너뜨려 진을 약화하는 방법까지도 성공했다. 이번에도 말뚝을 박듯이 깊이 때려 박은 환혼력의 덕분이었다.

땅의 맥을 끊고 염원이 이룩한 기적을 이상현이라는 신의 힘으로 뭉개 버린 거다. 이를 본 샨이 헛헛하게 웃었다.

"내가 괜한 짓을 했군. 기실 이를 해결하는 방법을

악인곡에 가서 익히라고 하는 것이 본 의도였소. 그곳의 있는 모두가 내게 패한 이들이거든. 절치부심하여 나를 상대할 수단을 취했을 테니 이를 터득하고 오면 된다고 하려 했는데, 이리 쉽게 해체할 줄이야."

방천화극을 쥔 태양왕인 만큼 그의 무력이 많이 감소한 건 아니었다. 다만 불사의 존재에서 상처 입고 죽는 존재로 격하됐으니 제국 격파의 요령을 알려 주려 한 처지가 실로 우스꽝스러워졌다.

반면 에일락 반테스는 세월의 흐름이 크게 느껴졌다. 가르테인의 경지는 물론이거니와 그가 생전에 상대했던 제국에게는 없는 비술이었다.

셋레인의 규모는 제국의 요새 급이다.

고작 이 정도 인구의 염원을 모아서 불멸이라는 특성을 잠시나마 입게 된다면 황실과 황제의 저력은 실로 만만찮을 터였다.

[어찌할 생각이오? 아직도 셋레인에 남아서 남은 일족을 이끌 거요?]

샨이 방천화극을 들었다.

"이 힘은 나를 왕으로 추대하는 일족에게서 나온다오. 그리고 우리의 염원은 복수와 자유지. 마음에서 잊히면 경지 역시 하락할 터. 온 힘을 다해 복수하고 자유를 누려 볼 거외다."

왕위는 넘겨주되 영웅의 자리는 차지하겠다는 의미였다. 에일락 반테스에게는 가장 좋은 대답이었다.

샨은 뒤이어 악인곡으로 입장하는 열쇠를 그에게 건넸다. 위치는 그가 항상 거주하다시피 했던 무녀의 누각이었다.

열쇠를 사용하여 누각의 문을 열면 마할문을 만날 수 있었다.

에일락 반테스는 열쇠를 바로 사용하지 않았다. 그는 자신이 적잖은 시간을 지낸 누각에 악인곡이라는 감옥이 감춰져 있었다는 사실에 주목했다.

수련하며 비밀의 시선도 사용했었고 경지를 높이며 계곡을 무너뜨리기까지 했었다. 그리했는데도 알지 못했고 드러나지 않았다.

'셋레인의 모든 지식은 제국에서도 고스란히 사용한다고 했었지.'

그렇다면 이와 같은 장소가 반드시 존재할 터였다.

죄인들을 몰아서 가둔 감옥에서부터 보물을 숨겨 둔

창고와 위기 때 몸을 숨기는 은신처처럼 다방면으로 사용할 수 있었다.

지금 공략법과 탐색 방법을 숙지하는 편이 현명한 처사였다.

이곳에 무언가가 있다는 사실을 확실하게 인지하고 마력을 뻗었다.

이후 비밀의 시선을 사용하여 다시 층층이 세계를 보았고 끝으로 열쇠로 잠금쇠를 풀며 각각의 차이를 분명하게 익혔다.

'이 역시도 진법의 힘이었군.'

의지로 흐름을 만들어 내는 것이 스킬이면, 흐름에 의지를 싣는 것이 풍수였다.

진법은 풍수지리에 기초한 탓에 이질적인 마력과 작용을 탐색하는 기존의 탐지 방식으론 쉽게 드러나지 않았다.

극의인 비밀의 시선으로도 일찍이 찾지 못했던 것은 이 극의가 지나치게 훌륭한 탓이었다.

지하 1층에서부터 100층까지의 심연을 보여 주는 까닭에 모든 층과 층을 샅샅이 훑는 건 낭비이고 또한 위험한 행동이었다.

그렇기에 new century와 바로 연결되는 정령계 위주로 보았는데, 악인곡은 층수로 치면 지하 4층이었다.

알면 얼마든지 갈 수 있으나 모른다면 간과하고 넘어가기에 십상이었다.

천상 이 부분은 주도면밀하게 판단하여 '이 부근에 은신처가 있겠다' 싶으면 비밀의 시선으로 하나하나 총체적으로 찾는 방법밖에 없었다.

이것만으로도 열쇠 없이 모든 자물쇠를 열 수 있는 만능열쇠를 거머쥐는 것이나 마찬가지였다.

누각의 경계를 넘자 형형색색의 세계가 검은색과 회색, 흰색으로 바뀌었다.

수련하며 없앴던 작은 폭포가 아직 이곳에는 존재했다. 다만 냇물에서 흐르는 물조차 검은색이라 썩 상쾌하지는 않았다.

그즈음 누각 옆에 있던 검은 장승이 눈알을 굴렸다.

"반가우이. 그렇잖아도 목이 빠지라고 자네를 기다렸네."

길쭉한 나무가 비틀어지며 팔을 뻗고 갈라지며 두 개의 다리가 되었다. 마할문이었다.

몸 구석구석에서 나타난 이빨이 제 몸을 깎으며 인간의 모습으로 변하였는데 땅의 흙을 두 발이 씹자 피부가 보강됐다.

“죽지 않고도 마령을 전할 방법이 있다는 말에 다들 기대하고 있지. 사실 제 목숨을 버리면서까지 제자를 만들고 싶은 놈은 우리 중에 아무도 없거든.”

저들이 자신을 기다린 이유는 3상 투영술 때문이었다. 쇼켄이라는 이름의 소년에게 저들의 비전을 전수하는 거였다.

[조건은 알고 있겠지?]

“물론. 제국과 전쟁을 벌이는데 한몫하라는 거 맞지? 나야 싸울 수 있고 제국 놈들에게 복수하는 것이니 더 좋다네. 그 점은 걱정하지 마시게나.”

마할문이 막대기가 담긴 통을 흔들며 점괘를 뽑았다. 역시나 대길(大吉)이었다.

“어마어마한 행운이 자네를 휘감고 있나 보이.”

그는 신기한 일이라며 말했다.

“사실 마령을 받아들이며 내 몸뚱이는 부정한 존재가 됐거든. 신기는 있지만 정작 그 신기로 내 점을 치면 오로지 흉(凶)에, 대흉(大凶)이었다네. 한데 자네와 관련

된 점을 치면 무조건 길한 운세로군. 가히 운명을 바꾸는 행운이야. 참으로 대단허이."

짐작 가는 바가 충분했지만 에이락 반테스는 딱히 대꾸하지 않았다. 마할문은 연거푸 점괘를 확인한 연후에 계곡 아래로 안내했다.

"본래 악인곡에는 많은 죄수가 있었네만, 보다시피 환경이 이 모양 이 꼴인지라 오래 버티는 이가 적었다네. 신입이 들어오면 싱싱한 고기라고 먹어 대기 바빴거든. 그러다가 제 놈들끼리 먹어 치웠는데 멍청한 놈들이었지."

[그대는 하지 않은 듯한 말투로군.]

"물론이야. 닭의 배를 가르는 짓은 하지 않는다네. 모름지기 사냥보단 농사가 안정적일세."

씨 뿌리고 농사짓는 농부의 마음으로 그가 언급했다.

"내 마령을 섞으면 어떤 짐승이라 할지라도 땅에서 잘 자랄 수 있다네. 척박한 땅에서도 쭉쭉 자라서 줄기를 뻗고 열매를 맺지. 이야말로 인삼(人蔘)일세. 나는 이를 두고두고 잘 가꿔 가며 먹었다네. 영약 중에서도 최고인 것이 사람 몸엔 사람이 최고거든."

에일락 반테스가 되물었다.

[한데 왜 그대들 다섯만 남은 거지?]

"우르탈이라고 미친놈이 하나 있어서 다 엉망진창으로 만들었다네. 저기 저거 보이는가?"

혀를 끌끌 찬 그가 내려가는 계곡의 건너편을 가리켰다. 흰색과 회색이 물결치듯 나뉜 바위였는데 그곳에 거대한 사람 하나가 벽에 그대로 새겨져 있었다. 두터운 쇠사슬을 칭칭 휘감기까지 한 모습이었다.

"저놈이 날뛰는 바람에 모조리 죽고 사실 이토록 황폐해진 걸세. 이른바 분노의 마령과 융합한 놈인데 어찌나 날뛰는지 모두 죽는 줄 알았지. 마령 하나가 아니라, 마계를 열어서 거대해지고 폭주해 버린 거야."

어지간해서 힘을 합치지 않는 자신들이 처음으로 공동의 적을 맞이했다고 하였다.

거듭 계곡을 내려가자 아래로 두 채의 전각과 세 개의 동굴이 보였다.

3층 규모의 전각은 금이 가고 기왓장도 대부분 날아간 폐가처럼 보였다.

멀찍이 떨어진 각각의 장소에서 에일락 반테스를 자극하는 강자의 마력이 들끓었다.

샨이 제아무리 왕의 격을 성취했다손 쳐도 저들 중

셋이 힘을 합치면 능히 뭉개 버릴 수 있을 정도였다. 다섯이 모두 나서면 셋레인은 그 자체로 끝일 만큼 강력했다.

“영험하고 신령한 동물을 찾는 15령가와 달리 우리는 인간 본연의 욕망과 감정에 충실하였다네. 각각 식욕과 분노, 악몽과 질투, 공포와 절규일세. 한데, 여기서 자네가 해 줘야 할 것이 있어. 그건 남은 네 명을 한자리에 부르는 걸세.”

[무슨 뜻이지?]

공동의 제자를 만든다고 하면서 한 자리에 모이는 것조차 못하고 있다니, 앞뒤가 맞지 않는 이야기였다. 이를 거론하자 마할문이 자신의 손을 보라고 했다.

펼친 손은 그대로 날카로운 이빨로 변모하더니만 끈적끈적한 점액질처럼 출렁이며 삽시간에 거대해졌다.

그 크기는 저편에 새겨진 우르탈의 손 크기와 똑같았다.

“마령이든 신령이든 각각의 고유 특성이 있지. 지금 본 이 거대화에다 폭주가 더해지면 그게 분노의 마령일세. 이 힘을 내가 쓸 수 있는 이유는 우리가 보다시피 우르탈의 마령을 먹은 덕분이네.”

[마령끼리 융합할 수가 있다는 건가?]

마할문이 어깨를 으쓱였다.

"믿기 어려운 이야기지. 욕망의 결정체인 마령이 서로 합쳐질 수 있다니 말이야. 좌우지간 문제는 이 때문에 쉽사리 한자리에 모일 수 없다는 걸세. 누구라고 할 것 없이 잡아먹고 싶어 하지, 먹히고 싶지는 않거든. 서로서로 간을 보는 셈이지."

분신을 다루는 이유는 다름 아닌 자신을 방어하기 위함이었다.

[제자를 기르자는 발상은 어찌 나온 건가?]

"그야말로 운이 좋았지. 촉촉하게 비가 내린 어느 날에 불현듯 생각났거든. 이대로는 안 되겠고 평생 우리끼리 썩겠구나, 라고 말이야. 그래서 수육(受肉) 몸뚱이를 하나 보내 봤더니 놀랍게도 다들 같은 생각을 했다고 하는군."

들어 보니 신진권이 new century에 뿌려진 때와 맞아떨어졌다. 이들이 모르는 사이 흡수했을 만큼 미약한 영체였지만 서로 경계하던 이들 사이에 실낱같은 공감대를 안겨 주었다.

그러나 화합은 생각만큼 쉽지 않았다.

서로를 잘 아는 것이 그 이유였다. 라훌의 일족이라는 자각과 율법을 제외하면 마령과 계약했을 정도로 이들에게 배신과 협잡, 음모는 일상이었다.

그렇기에 치열한 수 싸움으로 시간을 보냈다. 그러던 중 바깥에서 이변이 일어났다.

"자네라는 전혀 뜻밖의 인물이 등장한 거지."

검탑이 무너지더니 왕이 들어와서는 면죄부를 준다고 했다. 나가서 마음껏 싸울 수 있게 되었다. 그러자 여기서 살아 있기에 본능적으로 생기는 욕심이 피어올랐다.

후손을 남기고 싶다는 거였다.

"정확하게는 가문을 잇는 걸세. 나만 해도 탐락가의 마지막 후예이듯 이곳에는 멸문당한 가문들과 그들의 비전으로 가득하거든. 나만 못해서 잡아먹히긴 했지만, 잘 살펴보면 여기저기 죽기 전에 비기를 새긴 녀석들이 아주 많다네. 제법 난감했던 놈들도 있었거든."

[그리고 이는 그대들이 가로챘겠군.]

"누구라도 익히면 좋은 거 아니겠는가."

듣고 나서 다시금 보았다. 과연 혈신술의 구결과 응용 초식들이 산적해 있었다.

필체가 제각각이고 쓴 도구들이 천차만별이었지만 하

나는 공통적으로 보였다. 거뭇하게 남은 피였다.

어차피 마할문에게 다 죽은 이들의 것이라고 폄하할 수만도 없는 것이 극한 상황에 몰려서 짜낸 기술들이었기에 불안정하나 눈여겨볼 만한 수법들이 제법 많았다.

[하루쯤 작정하고 연구하는 것도 꽤 좋을 듯하군.]

“그렇지? 저것들마저 없었다면 정말 미쳐서 죽었을 걸세. 나중에 우리가 떠나고 나면 그 자리도 둘러보게나. 집대성해서 이룩한 마령술을 기술해 놓았네. 일컬어 극마경이라고 하지.”

[우리라면 그대들 모두 말인가?]

“사실대로 말하면, 확신할 수 없어. 하지만 내가 그리했으니 저것들도 준비했을 걸세. 한 번에 집어삼켜야 탈이 없다는 건 모두의 공통된 생각이었으니까.”

계곡 바닥까지 내려온 마할문은 정면의 전각이 자신의 것이라고 하였다.

각각 원로들을 모아서 공동제자를 만들도록 설득하면 무조건 그의 말을 따르겠노라고 약속했다.

[쇼켄은 어디 있지?]

“그 아이는 이틀에 한 번씩 자리를 옮겨 가며 가르치고 있다네. 애새끼가 어찌나 싸가지가 없던지, 그야말로 내 어릴 적과 판박이더군. 혹시라도 자네가 실패할 때를 대비해서 누구의 마령술이 최고인지 열심히 설득하고 있다네."

[이런 환경인데 잘도 정신을 유지하고 있군.]

"다시 말하지만, 그 새끼는 천살성일세. 태생부터 미친놈에다가 약삭빠르기가 뼛속까지 새겨진 놈이지. 그리고 우리 모두 같은 성정을 갖고 있다네."

마할문은 '추억이 새록새록 떠오르는구먼' 하고 고개를 주억거렸다. 에일락 반테스는 다시금 악인곡을 눈에 담았다.

손자에게 옛날이야기를 들려주듯이 섬뜩하고 잔인한 사실들을 일러 주는 마할문이었다.

수용소에서 학살당한 죄인들의 흔적처럼 계곡과 전각 기둥 곳곳에는 박히고 부러진 손톱과 씹다가 뱉은 듯한 인골(人骨)이 즐비했다. 이를 깊숙이 들여다보았다.

비밀의 시선으로 더 심층적으로 내려가자 악귀가 달라붙어서 마할문을 호시탐탐 노리고 있었다.

아귀처럼 들러붙어서 조금씩 갉아먹고 있는 그것들은 지금은 부정을 타게 하는 것이 전부이다.

하지만 언제고 마할문이 약해지면 가차 없이 씹어 버

릴 듯 흉흉하게 노려보고 있었다.

에일락 반테스는 즐비하게 들러붙은 원귀를 통해 세 가지 사실을 알았다.

첫째는 일찍이 알았던 대로 한 맺혀 죽고 저주를 퍼부어 봐야 효력은 미비하다는 거였다.

승자와 패자의 기준점은 삶과 죽음이었다.

제아무리 많은 살육과 끔찍한 행위를 저지른 악인이라 할지라도 생전에 겪는 고난은 고작 운수가 없는 정도다.

'대신 흑마법과 주술의 훌륭한 재료가 될 수는 있지.'

에일락 반테스가 깨달은 두 번째는 저주의 요체였다. 마녀의 주술에서 괜히 상대의 머리카락이나 피, 살점 같은 재료가 필요한 게 아니다.

이 매개물을 통해 대상이 저지른 죄악과 들러붙은 원혼들을 파악하는 까닭이었다.

비밀의 시선이 있는 에일락 반테스는 딱 보고 바로 건질 수 있으나 이러한 극의가 없을 시에는 꽤 어려움을 겪게 되리라.

너를 괴롭히고 살해한 존재에게 복수하라는 명령이다.

마녀로 대변되는 살아 있는 자의 의지가 원혼을 끌어올린다면, 이때부터 대상 한정의 맞춤형 저주가 발휘된다.

살아 있는 인간이 사시사철, 매 순간 긴장할 수는 없다. 마음의 틈을 보이고 긴장을 늦출 때가 반드시 있었다.

이때 원혼들이 스며들어 정신에 작용하면 저주이고, 원혼과 계약을 맺어 활동할 신체를 안겨 주면 그것이 곧 흑마법이었다.

'내가 완벽히 잘못 이해하고 있었군. 섭리에 거스르는 것이 아니라 복수로부터 시작한 것이었어.'

죽은 자를 일으키고 시체를 다루기 때문에 흑마법이 아니었다.

원소마법과 신성력을 뺀 나머지의 혐오스러운 마법이 아니라 흑마법은 앙갚음으로부터 발원한 특화 마법이었다.

에일락 반테스는 비밀의 시선으로 똑바로 바라본 채 마할문의 몸에 붙은 원혼을 하나 떼어 냈다. 뒤이어 체내의 마력과 반죽하듯 섞은 뒤 동그랗게 빚어서 손에 띄웠다.

감각으로는 딱히 큰 차이를 보이지 않는 new century의 일반 마력처럼 보였다. 그러자 실제론 어떨까.

[수육 하는 몸 하나를 내어주겠는가?]

“오호라. 뭔가 준비한 게 있나 보군. 얼마든지 해 보시게나. 어차피 별 쓸모는 없을 테지만 말이야.”

반응을 보인 그가 손가락을 떼어 씨 뿌리듯이 던졌다.

작은 손가락이 땅에 닿더니 싹이 나고 줄기가 튼실하게 자라듯이 성장했다. 감쪽같이 마할문으로 된 몸체가 에일락 반테스에게 말했다.

“내 마령은 식욕으로부터 기원했네. 보다시피 무엇이든 먹어 치우고 어떤 것이건 소화해 내지. 억압된 욕망에서 발원했고 아귀도(餓鬼道)에서 영감을 얻었으며 식귀(食鬼)들로 구현하였지.”

아무리 먹어도 배고프고 끝없이 먹어도 채워지지 않았다.

먹지 못하는 것이 없기에 돌이나 나무와 같은 물질은 물론 마법과 속성력까지 모조리 씹어 삼킬 수 있다고 했다. 그 영양분은 모조리 더 많은 식귀로 분열하고 증식한다.

이론상 불까지 삼키고 증식하는데 샨에게 왜 패한 걸까.

합공으로 지쳤고 이후 샨을 상대한 탓이라고 일전에 들었지만, 자가 증식하는 식귀의 특성에는 정교한 운용이 불필요했다.

필시 다른 이유가 있었을 터다.

"목은 바늘구멍인데 배는 산만큼 거대한 것이 아귀 아니겠는가."

다소 민감할 수 있는 질문을 던지자 마할문이 술술 대답했다.

"한 놈이었으면 상관없었네만, 장로란 놈들이 떼거리로 달려드니 속성이 여간 다양해야 말이지. 몸속에서 느릿하게 넘어가고 소화가 덜 된 상태이니 난리가 나더군. 여기에 그놈이 창을 드니 배부를 일 없는 내 배가 금세 터질 듯이 부풀었다네. 영양가가 너무 있는 놈이었어."

[지금은 대비책이 마련됐나 보군.]

"물론이지."

자부심 어린 투로 그가 말했다.

"혼원마공(混元魔公)이라 하네. 세상 모든 종류의 공력과 속성력, 나아가 혈신술을 이루는 정령까지도 삼키는 나만의 극마경일세."

자신하는 그의 몸에 에일락 반테스는 평범한 마력 구체를 날리고 원혼과 합친 마력을 보냈다.

마할문의 분체는 처음 것을 과일 먹듯이 꿀떡 삼켰다.

그리고 두 번째의 마력과는 충돌하더니 톱날이 마주 긁히는 듯한 기음이 들렸다.

이빨과 이빨이 서로 갉아먹으려 했다. 마치 이상현의 일그러진 성륜과 겁륜의 관계와 같았다.

한참 충돌하던 마력과 마할문의 분신은 고철 덩어리처럼 서로 뭉개져서 땅에 널브러졌다.

낄낄거리는 원혼의 웃음이 아스라이 울리자 태연자약하던 마할문이 처음으로 경직했다. 과연 보이는 만큼 사용하고, 아는 만큼 다룰 수 있었다.

비밀의 시선이라는 하나의 극의로부터 이토록 많은 줄기가 뻗어 나갈 줄 누가 알았으랴.

언데드가 신성 마법에 지나치게 무력했던 건 흑마력이 아닌 까닭이었다.

아울러 흑마법이 보편성에서 떨어지고 제대로 된 비전이 전수되지 않는 것 역시 대상에 따라 원혼이 다르고 주술도 달라지기 때문이다.

"뭘 한 거지?"

[그대들의 구조적 결함이지. 마령의 강함이 곧 한계가 된 이치일세.]

실로 묘한 일이었다.

마(魔)를 잡는 힘이 신성하고 신령한 힘이 아니라 또 다른 마(魔)의 힘이라니 말이다.

뜻하지 않게 알아낸 사실이지만, 원혼을 골자로 만들어 낸 증오의 마력이라면 마할문은 단번에 약자로 추락했다.

'전설이나 신화가 과히 허황된 것만은 아니군. 신을 죽이는 특별한 무기나 전용의 도구가 있다더니.'

에일락 반테스가 깨달은 세 번째 사실은 특수한 무기의 제작 비법이다.

스치기만 해도 시름시름 앓고 죽어 버리는 저주받은 장비는 옛 설화에 반드시 등장하곤 한다. 그 원리를 이해했다.

대상이 쌓아 온 업보에 따라 정확하게 구분하고 증오의 마력을 잘 담아내면 완벽한 살상 무기가 만들어지는 이치였다.

원혼의 수가 많아질수록 위력은 더욱 강력하고 치명

적으로 진화한다. 한편, 이를 들은 마할문은 말장난하지 말라며 다그쳤다.

"뭘 한 거냐고 물었다."

느긋하기만 하던 이제까지와는 사뭇 다른 모습이었다. 여유라는 이름의 가면이 벗겨지자 민낯이 드러났다.

[흥미로운 반응이군. 그대 같은 이가 겁을 먹다니, 본능으로 상극임을 느낀 건가?]

"헛소리하지 마라!"

임전의 태세를 갖추는 마할문에게 에일락 반테스가 제안했다.

[상대의 비전을 쉬이 요구해서야 쓰나. 합당한 대가를 치르면 가르쳐 주지. 그대들이 이룩했다는 극마경 정도면 좋겠군.]

물론 구조적 결함을 어찌할 수는 없을 테지만, 적어도 방비할 수 있다는 것만 보아도 가치는 충분했다. 그러나 이를 마할문이 쉽게 받아들일 리 없었다.

"허튼 수작을 부리는군. 관심이 없어졌다. 꺼져라."

자존심을 부리는 옹졸함에 실소가 절로 나왔다.

[아둔한 자로다. 미심쩍으면 몸으로 느껴 보아라.]

말을 마치고 바마할문에게 들러붙었던 원혼을 끌어

올려 흑마력을 빚었다.

이번에는 수를 열 배로 늘려서 마할문에게 보냈는데 아니나 다를까, 작정하고 식귀를 구현한 마할문의 손이 너덜너덜해져 버렸다.

하나 더 만들어 공처럼 땅에 튕겼다. 바닥에 접촉하였을 때는 아무런 위력도 없었다.

하지만 마할문의 손이 닿으면 정반대의 일이 생겼다. 접촉 당한 부위가 철썩 붙어서는 톱날 갈리는 소리를 내었다.

그는 한참 침묵한 후 계곡 끝자락의 다른 전각을 가리켰다.

"나는 고민할 것이 있어서 물러감세. 나머진 직접 돌아보시게나."

할 말을 마친 그는 몸이 배배 꼬이며 처음에 수육 했던 장승으로 돌아갔다. 누가 마령을 다루는 이가 아니랄까 봐 하는 행동들이 음흉했다. 지금까지 본신을 내세운 적이 한 번도 없었다.

'마음이 꺾였다.'

마할문은 이미 패배한 것과 진배없었다. 그리고 이는 다른 모든 마인에게 통용되는 이치였다.

꽤 과격한 싸움이 있을 것으로 생각했건만, 예상보다 쉽게 마인들을 제압하게 됐다. 이 모두가 이상현으로부터 비롯한 비밀의 시선 덕분이었다.

정확하게 본다는 것의 의미는 실로 컸다. 또 다른 마인을 찾아가며 에일락 반테스는 처음 의도했던 대로 악인곡에 남은 기록들을 읽었다.

불완전한 기록물들을 재구성해서 복원하는 데는 역시 정교한 수정이 으뜸이다.

극의를 쓴 그의 시선으로부터 죽기 직전의 악인들이 상(狀)으로 나타났다. 하나씩 인생의 총화가 깃든 기술들을 사용하였다.

깊이는 극의에 미치지 못했으나 짙게 배어 든 한은 매우 인상적이었다. 당연하게도 에일락 반테스는 바로 요체를 뽑아냈다.

[무공이 이곳에서 만들어지는군.]

혈신술이 심법의 역할을 했고 마령들을 상대할 궁여지책은 초식이 됐다.

강력한 신령과 합일하지 못한 일부 가문은 자구책으로 인간의 몸짓이며 강력한 위력을 보이는 무공으로 귀결했다.

권법과 장법에 속성력을 가미하고 손가락으로 마력을 모아 튕겨 내는 탄지법에 다리를 사용하는 각법과 퇴법, 미쳐서 상상으로 완성한 구결들까지였다.

이 모두는 뚜렷하게 악인곡의 마인들을 대상으로 했다. 저들에게 더없이 강력한 위력을 자랑하는 항마(抗魔)이자 척마(剔魔)의 무공이었다. 이 역시도 악의로부터 비롯한 악을 사냥하는 무공이니 참으로 흥미로웠다.

'이들 역시도 하나의 스킬이랄 수 있으니 극의에 도달하면 참으로 묘한 게 나타나겠어.'

영감이 스쳤다. 흐름을 잘 엮어서 구성하면 독특한 경지에 오를 것이다. 그즈음 계곡의 동굴에서 한 소년이 헐레벌떡 뛰어내려 왔다.

"스승님! 왜 이제야 오셨어요?"

다가와 넙죽 절하는 그는 쇼켄이었다. 마할문을 비롯한 악인곡의 죄수들이 제자 삼으려고 안달 난 라훌의 아이이며 천품의 무재가 있는 기재였다.

"제가 안내해 드리겠습니다. 마할문이 그다지 설명 안 해 줬죠? 하여간 무게는 엄청나게 잡는다니까. 노땅이 데리고 와서 이 협곡을 엄청나게 돌아다녔거든요. 그 덕분에 이쪽 지리에 대해서는 빠삭하게 알아요."

[네가 왜 제자지?]

쇼켄이 당연한 소리를 왜 하느냐는 듯 보았다.

“스승님이 제일 세니까요. 여기 할배들이 태양왕한테 깨졌거든요. 왕은 제국 기사한테 졌었죠. 그런 기사를 스승님이 끝장냈으니까 최고죠. 제 스승님이 되시기에 자격이 있다고요.”

당돌하기는 처음이나 지금이나 매한가지였다. 제 나이 또래라면 빛조차 어스름하고 풍경이 괴이한 악인곡에서 와들와들 떨었을 테지만 쇼켄은 물 만난 고기처럼 흥에 차 있었다.

[이곳의 마인들에게는 혈신술을 전수받지 않을 셈인가 보군.]

“아닌데요? 이것도 배우고 저것도 다 챙겨야죠. 전 최고라서 다 익힐 수 있어요. 물론 최고는 스승님 거지만요.”

엄지를 추켜올린 쇼켄은 악인곡의 다섯 원로에 관하여 쭉 이야기해 주었다. 본래 여섯이었던 그들의 이름은 분노의 우르탈, 식욕의 마할문, 악몽의 엘라곤, 고통의 엑스토, 질투의 킨토스, 공포의 탄비라였다.

각각 마령과 계약하였고 화신지경이라 일컫는 비(非)

물질화의 경지에 든 강자들이었는데 이 가운데 우르탈 폭주로 사망하였고 쑥대밭이 된 악인곡에서는 남은 다섯의 마인이 서로 호시탐탐 노리는 중이었다.

"아닌 거 같으면서 서로 어찌 지내는지, 돌려서 물어보곤 해요. 서로 엄청 신경 쓰더라고요."

본래라면 힘의 우위는 뚜렷하게 존재했다.

혼원마공을 사용하는 마할문은 모든 종류의 마력을 흡수할 수 있으나 출력이 낮았다.

여기에 우르탈을 먹으며 거대화가 가능해졌으니 나름 한 방이 생겼다.

이는 다른 원로들 마찬가지였다. 쇼켄이 저편의 전각을 가리켰다.

"엘라곤은 맹인 할배인데 부적으로 옷을 입고 눈도 감쌌어요. 진법이랑 부적술이 장기라는데 마음만 먹으면 돌멩이로도 하늘을 가릴 수 있다고 했죠. 극마경은 영겁뇌옥(永劫牢獄). 한 번 갇히면 죽어서도 못 나온대요."

[심상 세계의 구현이군.]

악몽의 마령이니 진법으로 무슨 환상과 고문을 행사할지 보지 않아도 선하게 그려졌다. 쇼켄은 에일락 반테스의 말에 손뼉을 치며 호응했다.

"역시. 저는 몰라도 스승님은 한 번에 딱 아시는군요! 그래서 그 할배가 제일 좋으면서도 가장 치사하게 느껴져요. 가면 서재에 책이 있는데 거기서 하나 가져오게 하고 그거로 이상한 꿈을 꾸게 하거든요. 좋은 책 고르면 극락을 보는데 나쁜 책을 고르면 그야말로 지옥이에요."

무엇이 좋고 무엇이 나쁜지는 나이에 맞지 않게 음흉하게 웃는 걸 보면 능히 짐작할 수 있었다. 천살성이라는 타고난 살인마답게 풋풋하고 애틋한 꿈은 분명히 아닐 것이다.

"엑스토는 저기 동굴에 있는 목내이(木乃伊)예요. 안에 사람 머리가 열매처럼 매달린 나무가 있거든요. 그 나무 앞에 웬 사람이 앉아 있는데, 그게 고통이랑 합쳐졌다는 할배예요. 극마경은 쇄반(鎖反)이라고 하는데 어떤 힘도 튕겨 낼 수 있다죠."

'그게 고통이랑 뭔 상관인지 모르겠어요' 하며 쇼켄이 덧붙였다. 대신 공격력은 원로 중에서 가장 떨어지기에 먼저 공격하지만 않으면 큰 위협은 되지 않는다고 했다.

이동 속도 역시 지극히 느리다는 부분에서 에일락 반테스는 대지의 뿌리와 연관이 큰 것을 알았다. 일종의 응용 기술이랄 수 있었다.

"반대쪽 동굴에는 킨토스라고 주먹 큰 할배가 있거든요. 전 질투의 마령이라고 해서 되게 치사하고 그럴 줄 알았는데, 전혀 반대였어요. 엄청나게 수련하고 외공이라는 거로 몸도 스스로 부러뜨리고 진짜 미친 할배죠. 대신 극마경은 대단해요."

그즈음 위쪽에서 육중한 소리가 났다. 거대한 바위가 절벽 위에서 떨어져 내리는 듯한 기세였는데 작은 지진이라도 난 듯 계곡이 흔들렸다.

"요 천둥벌거숭이 같은 놈이 미주알고주알 모조리 떠들고 있군. 귀엽다고 오냐오냐했더니만!"

푸석푸석한 머리칼에 동공 없는 하얀 눈의 노인이었다.

철근 같이 박힌 두 발을 뽑아 든 그는 팔이 무릎까지 내려왔는데, 특히 머리 크기만큼 거대한 두 주먹이 인상적이었다. 조금 전 쇼켄이 언급한 질투의 킨토스였다.

"그래도 맞는 소리를 지껄였구나. 오냐. 내 붕천마권(崩天魔拳)은 속성 간의 반발을 극대화하여 괴멸시키는 힘이다. 완벽한 붕괴로 말미암아 소멸시키는 무적의 권이지."

말을 마친 킨토스가 투포환을 하듯 빙글 몸을 회전했다. 기겁하며 반사적으로 에일락 반테스의 등 뒤에 쇼켄이 숨었고, 그와 함께 불쑥 거대한 권형(拳形)이 엄습했다. 순간, 그의 검이 검집에서 뽑힘과 빛살을 토했고 동시에 권형을 베어 버렸다.

떵! 하는 쇠와 쇠가 부딪치는 소리가 났다. 광검에 막힌 권형이 머리 위쪽을 대포처럼 공기째 밀어 버렸다. 그리고 진공 상태가 된 상공에 불쑥 킨토스가 나타났다.

육안으론 충격적일 만큼의 순간이동이었지만 비밀의 시선으로는 경계를 밟는 고절한 보법과 흐름이 보였다.

맞잡은 주먹을 내려쳤다. 이에 대응하는 에일락 반테스의 검이 맑은 울음을 토했다.

창창한 광검위로 뚜렷하게 확장된 환혼력의 칼날이 번뜩이자 킨토스가 돌연 내려치는 주먹을 자신의 반대편 손으로 올려치며 막았다.

반동으로 훌훌 날아가는 끝을 번뜩이는 검로가 스쳤다. 철갑처럼 튼실하던 주먹에서 끈적한 검은색 액체가 피처럼 떨어졌다. 연거푸 어검술을 쓰려 하자 그란디암 발베란이 영롱한 빛을 품고 허공에 떠올랐다.

여기에 흑마력을 더하면 진실로 일격필살이 될 것이다. 이를 본 킨토스가 돌연 외쳤다.

“좋다!”

그리고 지워지듯이 사라졌다. 마령화를 이뤄 공간 이면을 밟은 움직임은 흡사 내리치는 벼락과도 같았다.

“식괴(食怪)가 엄살을 떨더니만 과연 이유가 있었군. 들개 같은 놈들만 없었으면 진득 붙어 보고 싶을 정도야.”

언제 그랬냐는 듯 처음 내려왔던 자리에 우두커니 선 그가 손등을 보였다. 베인 상처는 아물고 없었다.

‘하나하나가 초인의 경지로다.’

셋레인까지 찾아온 보람이 있었다. 모두가 최소 석년의 자신만 한 실력을 갖추고 있었다.

“그대가 우리를 자유롭게 해 준다 했었나?”

킨토스가 자신의 주먹을 맞부딪치며 다가왔다. 강철 같은 주먹이 부딪치는 데 기이하게도 들리는 것은 북을 치는 소리였다. 살의는 물론, 투지도 없던 것이 다분히 요식적인 행동이었다.

조금 전의 공방을 통해 이미 간을 보는 일은 끝난 상

태지만, 자신이 약세를 보이거나 부상당하지 않았다는 것. 이를 다른 경쟁자들에게 보이기 위함이었다.

에일락 반테스에게도 극강의 소수보다는 강한 다수의 조력자가 더 큰 도움이 된다. 장단을 맞춰 주기로 했다.

[그렇다. 내 목표는 제국이니까.]

"라훌의 일족이라면 평생 바라마지 않는 염원이지. 적어도 그만하면 제국 것들과 겨뤄 볼 만하다. 식괴의 뜻에 나도 동참하도록 하마. 대신 내 조건은 내가 원할 시 나와 붙어 보는 거다. 알겠나?"

호승심을 피워 올리면서도 다른 원로들이 있는 처소를 흘긋 보는 킨토스였다. 겉으로 보기에는 타고난 호인에 용맹한 수련광의 모습이었다. 그러나 에일락 반테스는 비밀의 시선을 통해 그간 킨토스로부터 희생당한 이들을 보았다.

'음흉한 놈이로고.'

마할문이나 쇼켄이 살육 자체를 반기는 천살성이라면 눈앞의 킨토스는 시기심과 간교함으로 똘똘 뭉친 사내였다.

자신보다 나은 것이 있는 이라면 다가가서 대범하게 겨루며 호인처럼 정을 쌓는다. 그리고 얻을 것을 모두 얻어 낸 뒤 죽여 버렸다.

혹, 가문의 비전이기에 공유하지 못한다손 치면 약을 써서라도 붙잡은 후 고문하여 깡그리 뽑아냈다. 그 탓에 킨토스를 물고 늘어진 원혼들은 마할문의 것보다 농도 짙은 악의에 둘러싸여 있었다.

에이락 반테스는 원혼을 아울러 흑마력으로 만들어 보았다. 마할문의 때보다 더욱 치명적이라는 사실을 바로 직감할 수 있었다. 단순한 원한이 아닌, 혈육 간에는 더 큰 페널티가 존재하는 듯했다.

[살아 있다면.]

"좋다. 그리고 이 천둥벌거숭이! 함부로 스승의 비밀을 씨부렁대다니. 한 번만 더 그리했다간 혓바닥을 뽑아 버릴 테다. 공동제자든 뭐든 관계없이 요절을 내 버리마."

쇼켄은 사시나무 떨듯 다리를 떨었다.

"같잖은 연기를 해 대기는."

못마땅한 듯 이맛살을 찌푸린 그가 다시 한 번 작은 지진을 만들며 동굴로 돌아갔다.

쇼켄은 킨토스가 계곡을 올라 동굴에 들어간 연후에 태연자약한 얼굴로 말했다.

"빤히 알면서도 떠는 척 안 해 주면 더 기분 나쁠 거면서. 아까 어디까지 했었죠? 맞다, 하나 남았었지. 공포의 탄비라요. 그 할배는 생긴 게 영락없이 곤충이에요. 피부도 이상하고 얼굴도 특이한데, 눈 보면 진짜 토 나와요. 눈 속에 작은 얼굴들이 깨알같이 박혀 있거든요."

쇼켄이 소름이 돋은 걸 매만졌다.

"극마경은 마왕진언(魔王眞言)인데, 들으면 그냥 죽는다고 해요. 여기까지가 잠깐 제가 보고 경험한 거죠. 참고로 극마경에 대한 건 들은 대로 얘기한 거지 자세히는 모르겠어요. 보긴 했는데 너무 구결이 길어서 그런가, 기억이 잘 안 됐거든요."

천재라고 자부하는 소년이 기억하지 못하는 이유는 불가해의 유적이라는 의미였다. 다섯의 마인이 오랜 세월 이곳에서 나름의 격을 성취했다는 증거였다.

'잘하면 새로운 극의를 보강할 수 있겠지만, 실패시 손해가 크군.'

자신의 최후 절기를 공유하려는 이가 어디 있으랴. 더군다나 스스로 이룩한 펠마돈인데 말이다.

당연하겠지만 악인곡을 떠나며 자신들이 새겨 놓은

펠마돈 역시 없애고 떠날 터였다.

그렇다고 극의를 얻겠다며 저들을 하나씩 제압하는 건 우방을 만들려던 본 목적에 맞지 않았다.

얻어 봐야 별다른 효용도 없을 테고 말이다. 자신은 이상현이 아니었다. 본신은 몸도 자유로이 늘리고 줄였다가 하며 새로이 얻은 힘을 10할 사용할 수 있지만, 에일락 반테스는 환혼력과 지금의 외모 자체에 고정되어 있었다.

특성화된 마령과 합일하여 강력한 위력을 자랑하는 것이 마인들이니 그와는 아예 맞지가 않았다.

그리 생각하던 에일락 반테스가 내심 헛헛하게 웃었다. 기껏해야 저들의 영혼을 벼려서 무기 몇 자루 얻는 것이 고작인 걸 진즉 알았다. 그런데 이런 발상 자체를 왜 한단 말인가.

욕심 때문이었다. 문제는 냉정하고 냉철하던 자신에게 욕망이 생긴 원인이었다.

잠시 생각해 보니 쉬이 그 원인을 찾을 수 있었다.

'부장들을 괜히 되살렸던가.'

석년의 자신답지도 않고 이상현의 명령을 완수하던 때와도 달랐다. 격을 취한다면서 개인적인 욕망 역시 추구하고 있었다.

이유는 딱 하나, 자신에게 속한 존재들이 만들어졌기 때문이었다. 5성 장군을 되살리고 그들을 종속시키며 서로 영향을 받게 되었다.

세상이 아는 에일락 반테스가 아니라, 부장들이 염원하는 강력한 군주. 신위를 얻고자 하는 대장군으로서의 용맹 과감함이었다. 그는 모든 연(緣)은 서로 영향을 주게 마련이라는 당연한 사실과 new century의 섭리인 투영에 관하여 새삼 깊이 느꼈다.

"저기요. 근데, 이제 어쩔까요? 진짜로 스승 안 해 줄 거예요?"

쇼켄이 말없이 걷고 있는 에일락 반테스에게 물었다.

[네가 원하던 스승들이 아니더냐. 다섯의 힘을 아우른다면 바라던 최강이 될 수 있을진대 말이다.]

"순순히 그렇게 될 리가 없잖아요. 게다가, 저런 걸 다섯 개나 몸에 어떻게 가져요?"

[천품의 무재이니 가능할는지도 모르지.]

대꾸하자 쇼켄이 방방 뛰었다. 저리 행동하는 까닭을 에일락 반테스가 모를 리 없었다. 다름 아닌 생존하기 위해서였다.

제아무리 악인곡의 원로들이 잘 대해 준다손 쳐도 저들은 마인이다. 언제, 그날 기분에 따라서 죽여 없앤 뒤 다른 제자 후보를 들여도 이상할 것이 없었다.

정신에 간섭하여 꼭두각시로 만드는 것 역시 실로 여반장이다. 지금이야 서로 견제하기에 이 광경이 만들어졌을 따름이었다.

이를 영리한 쇼켄이 모를 리 없고 저들 역시 잘 알았다. 에일락 반테스가 툭 던지듯이 말했다.

[좁은 셋레인에서나 네 재능이 유일하지.]

"칫, 안다고요. 이게 다 어르신 때문인걸요?"

착하게 고변하던 소년이 돌변해서는 냉소적으로 침을 탁 뱉었다.

[어디부터 실수인 것 같으냐?]

"에일락 반테스 님이 저를 당연히 제자로 들이실 거로 생각했던 거죠. 여태까지는 자질이 좋네! 마네 하면서 다들 미친 듯이 제자로 들이려고 발악이었거든요. 세고, 율법에도 자유롭고 하니 괜찮다 싶어서 나섰는데 저런 할배한테 갑자기 끌려올 줄은 몰랐죠."

[하면, 내가 널 거둘 이유가 없다는 것도 알겠군.]

"진짜 잘 모실게요. 좀 도와주세요."

그리 말하며 에일락 반테스의 바짓가랑이라도 잡으려던 쇼켄이 놀라 기겁했다. 자신의 발목에 덩굴식물 같은 것이 스멀스멀 다가와서 휘감긴 걸 발견해서였다. 부드러운 줄기에서 돌연 삐쭉한 가시가 나오더니만 푹푹 찌르며 쇼켄을 휘감았다.

졸지에 가시덩굴에 온몸이 찔린 쇼켄이 그대로 계곡의 동굴로 끌려갔다.

[엑스토인가?]

가시덩굴은 사람의 입술을 만들어서는 에일락 반테스와 대화했다.

"내 교육 시간이다. 데려가겠다."

[뜻대로 하도록. 외려 내 볼일은 그대들한테 있으니까.]

이제 하나씩 만날 이유가 없었다. 에일락 반테스는 마력을 퍼뜨려 각각의 원로들을 자극했다.

사실 마할문이 관문이라도 되는 양 각 원로의 시험을 받으라고 한 것과 달리, 악인곡에서의 일은 매우 손쉽게 끝낼 수 있었다. 이들이 추구하는 바가 욕망에 충실한 마귀(魔鬼)이며 저들의 실력이 백중지세라는 상황 탓이었다.

언데드나 이들은 별반 다를 것이 없었다. 악몽과 고통, 공포와 식욕, 질투 그 자체인 이들은 멀쩡하게 풀어두기만 해도 대륙에서 척결해야 할 괴물이나 마찬가지다. 제국령 아무 곳에나 떨어뜨리면 알아서 다툼이 일어날 것이다.

[나는 라훌의 일족도 아니며 그대들을 구원하고자 온 이도 아니다. 오직 내 필요와 목적에 따랐고 서로의 이익이 결부되었기에 이 자리에 있을 따름이지.]

"좋지, 좋아. 너절한 정의 따위를 내세우지 않아서 마음에 든다."

마할문과 킨토스가 먼저 본모습을 드러냈다. 깊이 궁리했던 탓인지 눈빛이 깊은 마할문과 달리 킨토스는 목을 풀고 맞잡은 주먹에서 우둑거리는 소리를 연신 내며 기꺼워했다. 한차례 고개를 끄덕인 에일락 반테스가 말을 이었다.

[내 요구 조건은 간단하다. 함께 싸우는 것. 적어도 각자 제국의 요새 하나씩은 무너뜨리는 정도면 만족한다. 그 이후론 무엇을 하든지 신경 쓰지 않겠다.]

"왕으로서도 말인가?"

[맹세하거니와 왕위 투쟁의 승자가 된다면, 점령지를

대가로 그대들의 자유를 보장하겠다.]

아직 저들이 알지 못하는 바지만, 라훌 일족과 율법이라는 강제력은 셋레인을 벗어나는 순간 약화한다.

진법을 벗어나는 탓이었다. 그렇기에 제국의 요새를 점령하는 정도가 최선의 요구였다.

[아울러 저 아이의 스승이 될 생각은 추호도 없음을 미리 밝혀 두지.]

나무줄기를 움직여 엑스토가 말했다.

"그쯤은 안다. 이 아이에게 다섯의 마령을 모두 전하는 비법을 쓰고자 내려온 거라는 사실도 마할문에게 들었지."

다음의 대답은 수백만 마리의 곤충이 폭포수처럼 흘러내리는 동굴에서 들려왔다.

"3상이니 그 이상의 투영술이니 하는 게 헛소리가 아닌 것도 확인했어. 염홍가의 암컷이 풍천을 다루기 시작했거든. 조잡하긴 하지만 말이야."

쇼켄이 곤충이라고 표현한 탄비라였다. 마할문의 아귀들처럼 곤충들이 단단하게 결합하여 인간의 몸을 구성했는데, 저마다 구물거리는 머리칼과 눈동자 탓에 어지간한 이는 비위를 상할 모습이었다.

[곤충들로 셋레인을 보는 거였나?]

정보전에서 탁월한 능력을 발휘할 듯 보였다.

"세상 모든 곤충의 왕이 곧 나다."

군집하여 인간 형태를 이룬 탄비라는 오만하게 말하면서도 에일락 반테스를 경계하는 티를 역력하게 냈다.

그러면서 슬쩍 마할문을 보았다. 흑마력을 사용한 것을 목격했고 그 힘이 치명적이라는 사실까지도 잘 아는 모습이었다.

'아주 마음에 드는군. 즉시 전력감이 이리도 넘치다니.'

한 마리, 한 마리에 암녹색의 빛이 반딧불이처럼 있었는데 저것 하나하나가 광검의 편린과 같았다.

일제히 움직이면 블레이드 토네이도 못잖은 폭풍을 일으킬 수 있을 터다. 본체를 찾아내서 없애는 것이 정공법이고 흑마력을 통해 집어삼키는 수월한 해법도 있었다.

어느 쪽이든 에일락 반테스의 필승이다.

[내 비록 언데드로 구분된 존재이긴 하지만, 우군에게 칼을 들이밀 만큼 어리석지는 않다.]

"암, 그래야지. 꼭 그래야만 하고."

경계태세를 한 치도 늦추지 않는 탄비라에 이어 엘라곤이 웃었다.

"각종 괴물에 언데드까지, 두루 집합이로고. 이방인이여, 그렇지 않소?"

봉인한 강시처럼 부적을 덕지덕지 붙인 그는 걸음마다 원형의 파문을 일으키고 있었다.

감도는 빛은 초 단위로 기복을 보였는데 색이 바뀔 때마다 춘하추동의 사계절부터 힘이 솟고 축 처지는 축복과 저주까지 넘나들었다.

'가히 움직이는 성채로군.'

여기에 몸에 붙인 부적들에도 응축된 마력과 원혼이 가득했다.

무력이 떨어지기는커녕 저 봉인을 해제하면 어마어마한 마력을 뿜어 댈 것이다. 그런데 에일락 반테스는 엘라곤의 태도에서 미묘한 차이를 느꼈다.

다른 원로들과 달리 자신을 대하는 그의 자세는 외지인에 대한 경계가 아니라 우호에 가까운 호기심이었다.

"이방인이여. 그대의 능력부터 제안까지, 모두 수용하오. 그러나 하나 걱정이 있지. 이는 나는 물론, 저놈들까지 모두가 하는 거외다."

엘라곤이 쇼켄을 가리켰다.

"마령끼리는 잡아먹고 서로 진화하오. 신령과 달리 마령의 모태가 인간 본연의 욕망이기에 생긴 일이외다."

합일하면서 상위의 정신체가 되는 것은 누구도 계획하지 않았지만 참으로 바람직한 상황이었다. 이른바 완전체로 가는 길이 확실하게 있는 덕분이다.

"먼저 뒤질 거 같으면 양심상 먹혀 주자고. 오래 산 늙은이부터 순번으로 삼는 건 어때?"

"가는 데 순서 없다, 이 원숭아."

킨토스의 말에 마할문이 냉소했다. 엘라곤이 에일락 반테스에게 물었다.

"마령은 서로 천적이오. 무엇이 강세이고 약세를 보일지는 오직 계약자가 어느 마령에게 먹이를 주느냐, 마음을 두느냐에 달려 있지. 이는 그대가 누구의 손을 들어 주느냐에 따라 쉬이 판가름 나게 되오. 이방인이여, 이에 대한 대비는 되어 있소?"

없더라도 당장 마련해 내라는 요구에 에일락 반테스가 딱 잘랐다.

[대관절 내가 그대들 간의 서열 다툼에 끼어들 이유가 어디 있겠나? 재차 말하거니와 내게 각각의 상징물

과 같은 크기의 마령을 주면 나는 이를 토대로 저 아이의 몸에 투영시킬 것이다. 무엇을 택하든, 무엇이 먹히든 이는 모두 내 손에서 떠난 일이지.]

"결국, 판단은 이 싹수없는 놈한테 둬야 한다, 이거군."

"요 며칠간 제법 방자하게 굴었는데 그 꼴을 더 봐야 한다니."

"왜, 귀엽잖아. 아등바등하는 꼴이 말이야."

대차게 거절당했으나 크게 개의치 않았다. 에일락 반테스가 고민해 주면 좋고 아니어도 어쩔 수 없는 부분인 것을 서로 잘 아는 이유였다. 영악하게 행동하는 쇼켄에 대해 한참 성토하며 공감대를 쌓는 그들에게 에일락 반테스가 저들이 정말로 우려하는 바를 이야기했다.

[그대들은 어찌할 텐가? 서로 하나씩 양보하여 투영술을 받겠는가?]

서로 자신의 마령을 내주어 마할문에게 다른 네 종류의 마령이 주어지는 식이었다. 각자에게 네 개씩의 상징물을 두고 이를 먹잇감으로만 둔 채 야금야금 흡수하는 거다. 한 걸음씩 양보하면 저들이 말하는 완전체로의 길이 열린다.

물론, 이들의 대답은 이미 정해져 있었다.

“거절함세. 그대가 내 몸에 무슨 짓을 할 줄 알고 내어주겠나?”

“나 말고 저 늙은이부터 해 보게. 성공하면 봐서 느긋하게 나도 해 보지.”

남의 몸으로 할 때는 몰라도 제 몸으로 시술이 들어간다고 하면 얘기가 전혀 달라졌다. 불신과 의심을 버릴 수 없는 탓이었다.

[하면, 약조했던 대로 그 아이에게만 사용하지.]

곧 자신의 손가락 하나씩을 잘라 에일락 반테스에게 건네었다. 곤충에서 나무, 증식하는 살덩이처럼 변이된 저들의 육체는 저마다 그 크기가 달랐다.

“이방인 보기에 부끄럽지 않은가. 얕은수는 쓰지 말자.”

“제 놈도 붙였으면서 점잔 떨기는.”

“네놈 손가락이 작은 걸 왜 여기서 탓하지?”

손가락을 떼서 무게를 재 보다가 조금씩 살점을 붙였고 나중에는 손목 하나씩으로 깔끔하게 정리했다.

에일락 반테스는 이를 전환하여 마령의 크기가 동일하다는 것을 눈으로 확인시켜 주었다.

다음은 쇼켄의 오장(五臟)에다가 이를 쑤셔 박았다.

[효율을 위해선 손과 발이 좋다. 내장기관에 두면 생각지도 못한 사고가 일어날 수 있는데도 괜찮겠는가?]

"상관없지. 이 중에서 발바닥을 자처할 놈이 있다면 모를까, 아무도 없을 거다. 더군다나 넷은 손에다 발이면 된다고 치자. 남은 하나는 어디에 두지?"

"머리를 먹는 놈이 제일 유리할 테지."

"왜, 하나 더 있잖은가. 쭉 내려오는데다가 멀기도 멀면서 적당한 부위지."

음담패설이 한바탕 휘돌았다. 이러한 기싸움의 결과로 정해진 것이 오장육부의 내장 기관이었다. 한창 성장해야 할 쇼켄의 몸이 어찌 되는지는 아무도 신경 쓰지 않았다.

어차피 마령과 합일하면 그때부터는 육신이 곧 껍데기나 마찬가지가 되는 걸 잘 아는 탓이었다.

시술 과정은 모두 쇼켄의 심장이 멈춘 사이에 진행됐다. 아픔을 느낄 겨를도 없이 황천길로 보내 버리는 고통의 희열은 쇼켄을 단박에 죽였고, 그사이에 배를 가른 뒤 원로들이 보는 앞에서 각자가 짚어 주는 위치에 마령을 넣었다.

"생각보다 정말 짧게 끝나는군."

환혼력으로 일깨우는 것까지 작업을 마쳤다. 그러자 저들이 쇼켄의 발목에 사슬 하나씩을 매달고는 사지를 결박하여 악인곡의 절벽에 처박았다. 이후 자신들의 처소에서 하나씩을 가져왔다.

절벽을 뜯어 낸 이부터 전각의 기둥을 뽑은 이, 곤충의 등껍질에다 나무판에 새겨진 글귀까지였는데, 이는 극마경이 수록된 각자의 비전이자 유물이었다.

이들은 쇼켄이 박혀 있는 벽에서 가장 잘 보이는 위치에 서로의 비급을 두었다.

한 사람씩 에일락 반테스의 시야를 가리면서 진행하는 작업이었다.

[뭘 하려는 건가?]

"마령을 전했고 꼬마놈이 뭘 중점으로 선택할지는 장담할 수 없네. 이 상황에서 가르친답시고 있어 봐야 서로 견제하는 꼬락서니만 다시 나타날 게 뻔하지. 내 어렸을 때와 닮은 만큼 악착같이 깐족거리며 우리를 경쟁시킬 거거든."

엑스토가 나무줄기로 쇼켄의 뼈를 뚫어서는 절벽에 단단히 엮었다. 여기에 마할문의 식귀들이 들러붙고 탄비라의 곤충이 껍질처럼 휘감았다. 표면에 엘라곤이 주술을 각인하자 검은색 전광이 번뜩였다.

킨토스가 주먹을 휘둘러 벽면을 압착하고 단단하게 고정했다. 말뚝을 박고는 개 줄을 채운 모습과 흡사하다.

"사슬을 끊든 이 말뚝을 뽑아내든 벽을 무너뜨리든 족히 10년은 수련해야 할 테지."

"악인곡은 열쇠가 없다면 왕조차도 들어올 수 없는 곳. 우리의 모든 것을 남기기에 부족함이 없다."

[10년이면 그전에 굶어 죽을 텐데?]

"줄을 길게 해 뒀으니 뭐라도 먹으면서 버티겠지. 아귀와 다르게 식귀는 돌도 씹거든."

마할문이 대답했다.

"이참에 같이 나가면서 동물 몇 마리 던져 둠세. 그래서 말인데, 자네에게 부탁이 있어. 악인곡을 마지막으로 나오고 우리 앞에서 열쇠를 처리해 주게나."

[누구도 출입할 수 없도록?]

"그렇다네. 열쇠가 없다면 이곳은 그 누구도 찾을 수가 없거든. 저놈이 아사할는지 모두 익힐는지는 제 놈 몫이라네. 어쨌든 우리는 비전을 남겼고 구석구석 잘 보면 라훌 일족의 모든 무예가 다 기록됐으니 강해지는 것도 제 놈에게 달렸지."

원로들은 에일락 반테스가 혹여 극마경을 엿볼까 철저히 감시했다. 이럴 때는 참으로 손발이 잘 맞는 마인들이었다. 어차피 보지 않기로 결단을 내리기도 했거니와 괜스레 엿보려다가 우스운 꼴을 당하기에 십상이었다.

일체 시선조차 주지 않고 에일락 반테스가 입구에서 이들을 기다릴 때였다.

"잠시 이야기를 나눴으면 싶소만."

마할문의 깃발처럼 시체가 들어간 관 하나를 둥실 띄우고 온 엘라곤이 앞에 앉았다. 가만히 응시하던 그가 툭 물었다.

"그대가 누구고 어떤 존재의 부림을 받는지 알고 있소. 제국의 멸망은 그의 뜻인 거요?"

이상현을 언급하는 거였다. 처음부터 보인 묘한 행동은 신진권의 기억을 엘라곤이 엿본 덕분이었다.

[어디까지 알고 있지?]

"많지는 않소. 그저 급하게 도망한 악귀가 있었고 그 조각조각이 세상에 흩뿌려졌다는 정도니까."

[그대 정도의 존재에게까지 침투할 수 있었다니, 놀랍군.]

엘라곤이 정반대라며 대답했다.

"운이 좋았소. 영겁뇌옥을 수련하던 때였으니까. 세상 만물의 정기를 받아들이고 내 의식으로 물들이는 과정이었는데, 딱 만물의 정기를 흡수하던 그때 들어왔소이다."

외려 그런 상태였음에도 악귀는 태반이 소멸해 버렸다고 덧붙였다.

"간신히 추스른 이계의 기억에 유난히 뚜렷한 족적을 남긴 존재가 있더군. 그중 하나가 바로 그였소. 이름조차 말할 수 없는 존재 말이지."

[내게 그 말을 하는 이유는?]

"호기심 하나와 좋은 정보를 주려는 것일 뿐, 별다른 목적이 있는 건 아니오. 그대가 지금 이곳에 있는 것에 대한 감사의 표시일 수도 있지."

[고마움의 인사다?]

"실로 놀라운 일 아니겠소. 악인곡이라는 이 갇힌 땅에, 평범한 이들에게조차 별다른 영향을 끼치지 못하는 마귀 파편 하나가 날아들었다는 사실이 말이외다. 변화의 씨앗은 실로 작았으나 결과는 실로 흥미진진하다오."

진심으로 탄복한 듯 감탄까지 했다.

"서로 견제만 하던 우리가 공동의 제자를 원하게 되었고 검탑이 무너졌으며, 셋레인은 해방됐거든. 이 모든 것이 그로부터 말미암은 거요. 그러니 감사의 표시를 하려는 것이지."

[헛소리 말고 본 목적이나 말해라.]

주고받는 식의 온정이 오간다면 저들이 마령과 계약할 수 없었으리라.

이기적이고 그 무엇보다도 자기만을 추구하는 게 마인들이었다. 허튼수작 부리지 말라는 에일락 반테스의 말에 엘라곤이 물었다.

"조언하려는 의도였소. 그전에, 당신의 행보는 그의 뜻인 거요, 아니면 에일락 반테스라는 언데드의 욕망이오? 전자라면 조언 따위는 필요 없을 테고, 후자라면 내 조언이 큰 역할을 할 거외다."

[계속 말해 봐라.]

"우방을 구한다는 것에서부터 사실 짐작은 했었지. 그러면 운수 좋은 시체라는 거군."

긍정의 표현에 엘라곤이 띄워 놓은 관 속에서부터 여

인의 웃음소리가 들렸다. 비밀의 시선으로 바라보니 부적을 붙인 엘라곤 본인과 관 속의 시체는 하나로 연결된 운명의 사슬이 있었다.

"이 관은 별거 아니니 신경 쓸 것 없다. 평생 함께하기로 했던 처(妻)가 그만 일찍 죽어서 넣고 다니는 것일 뿐이거든. 여하간, 그쪽 주인이 신경을 쓰지 않는다고 하니 나 역시 조심할 이유가 없지. 버려진 사도, 그대에게 두 가지를 알려 주지."

마주했을 때부터 조금 전까지 보였던 정중함은 싹 지워졌다. 그가 조심하고 경계했던 것은 오직 이상현이었다.

그의 뜻이 함께하지 않는다 하였으니 이방인이자 언데드를 대하는 태도를 보이는 거였다.

"순백일수록 얼룩은 더욱 크고 짙게 나타나게 마련. 북동으로 가면 하늘과 맞닿은 수투트 산이 있다. 정령계의 상층세계인 천상계와 맞닿은 신령한 곳으로서 천부(天賦)의 일족이 존재하지."

그들의 마음에도 욕망이 깃들었을 터이니 능력이 된다면 취해 보라는 말이었다.

[천부의 일족이 란티놀 제국을 적대할 이유가 없다.]

"천만에. 스스로 선택받았다고 참칭하는 이들이다. 창공을 유일신이라 하며 빛도 어둠도 다 그 아래에 있다고 믿는 이들이지."

[그렇군. 포교와 성전이라는 명목이면 충분하겠어.]

세상을 구원하기 위해, 어리석은 저들에게 당신들의 교리를 가르치라고 하는 거였다. 뮤테르의 사제들을 통해 옥쇄하는 적들을 숱하게 상대한 에일락 반테스가 이를 모를 리 없었다. 엘라곤이 다음으로 가리킨 곳은 남쪽이었다.

"산맥을 이루고 쓰러진 육신으로 세계의 땅을 만들었다는 옛 거인의 심장. 우라곤과 르에르, 위시를 포함하는 모든 땅의 일족이 머무는 신령한 땅이 있지. 스팔라베가 바로 그곳이다."

이른바 젖과 꿀이 흐르는 풍요의 땅. 다툼이 없는 지상의 낙원에 거주하는 순수한 이들이었다. 그들의 마음에도 욕망의 편린이 심어졌을 것이다. 이를 키우고 말고는 에일락 반테스의 능력에 달려 있었다.

[모두 그대가 표현한 만물의 정기를 받아들이는 자들이로군.]

"순수하고 순결한 것들이지. 이용해 먹기 딱 좋은 놈

들이고."

인간들이 얼마만큼 대지를 더럽히는지 적나라하게 보여 주면 알아서 신령한 대지를 위해 가꾸고 일구는 것을 넘어서 병원체들을 말살하려 들 것이다.

나의 목적을 위해 얼마든지 타인의 손해를 고려하지 않는 것. 과격한 수단을 선택하는 거야말로 이기심의 상징 아니겠는가.

본래는 셋레인을 포섭한 뒤 부장들과 합류하여 일전에 풀어 둔 코마 중령 술사와 그들 종족과 동맹을 맺으려 했었다. 한데, 일정을 빠듯하게 잡는다손 쳐도 방금 들은 조력자들을 얻는 편이 나았다.

육로를 통하지 않고 정령계를 통해 이동한다. 기존의 전쟁 양상과는 사뭇 다르게 제국을 어지럽히는 특임부대나 마찬가지였다.

문제는 이들이 란티놀 제국만 적대할 리 없다는 거였지만 말이다. 인간보다도 언데드를 더욱 증오할 것이다.

일그러진 룬으로 탈 언데드화 된 자신에게는 해당하지 않지만 말이다.

'나쁘지 않다. 쉬운 방법은 제국의 기사인 척 연기하며 저들의 신물을 훔치는 것이지만.'

왕녀나 공주처럼 사랑받는 존재가 있다면 암살하고 그 흔적을 란티놀 제국으로 잇는 것도 괜찮았다.

그런 생각을 떠올리고는 에일락 반테스가 헛헛한 웃음을 다시금 보였다. 한 맺혀서 죽은 부장들의 원한이 자신에게 많은 영향을 끼치는 게 실시간으로 느껴졌다.

'원한으로 시작하여 점점 원혼을 쌓아 간다.'

언데드가 경원시 되고 결국 패망하는 이치가 여기에 있었다.

극단적인 수단으로 살육을 자행하다 보면 원혼이 쌓이고 이는 악인곡의 마인들처럼 행운이 전무한 존재가 된다.

이렇게 첩첩 쌓은 원혼을 누구 하나라도 건드리기만 한다면, 이는 치명적인 위력으로 악인을 집어삼킨다.

정확하게는 악한 자가 패망하는 것이 섭리라기보다 악한 자일수록 내부의 독이 점점 커진다는 의미였다. 여기까지 들은 에일락 반테스는 엘라곤이 무엇을 원하는지 이해했다.

[그에게 바라는 것은 무엇인가?]

이상현이 언제고 에일락 반테스에게 관심을 뒀을 때, 이른바 강림하였을 때를 대비한 일종의 보험이었다.

단번에 쓸려 버렸던 신진권의 기억이 엘라곤에겐 매우 인상적이었던 듯했다. 그는 옆에 있는 관을 가리켰다.

"제자랍시고 마령을 전수해 봐야 내 가족만 못하지. 처를 곡 내에 두고 갈 생각이다. 언제라도 좋으니 그녀에게도 새로운 삶의 기회를 줬으면 한다. 그대를 언데드이되 그 제약에서 자유롭게 하였듯이 살아 있는 강시인 내 처에게도 자유를 주는 것. 그게 전부다."

애틋한 듯하지만, 코웃음조차 나오지 않는 헛소리였다. 비밀의 시선으로 관을 주시한 에일락 반테스는 내부의 아름다운 여인이 만삭임을 알았다.

연결된 인연의 사슬은 엘라곤의 처보다 그녀 뱃속의 아이와 더욱 맞닿아 있었다.

만에 하나로 죽게 된다 할지라도 저 갓난아이의 몸을 통해 다시금 부활하려는 술책이었다. 이를 모두 간파한 에일락 반테스는 엘라곤의 요청을 수락하였다.

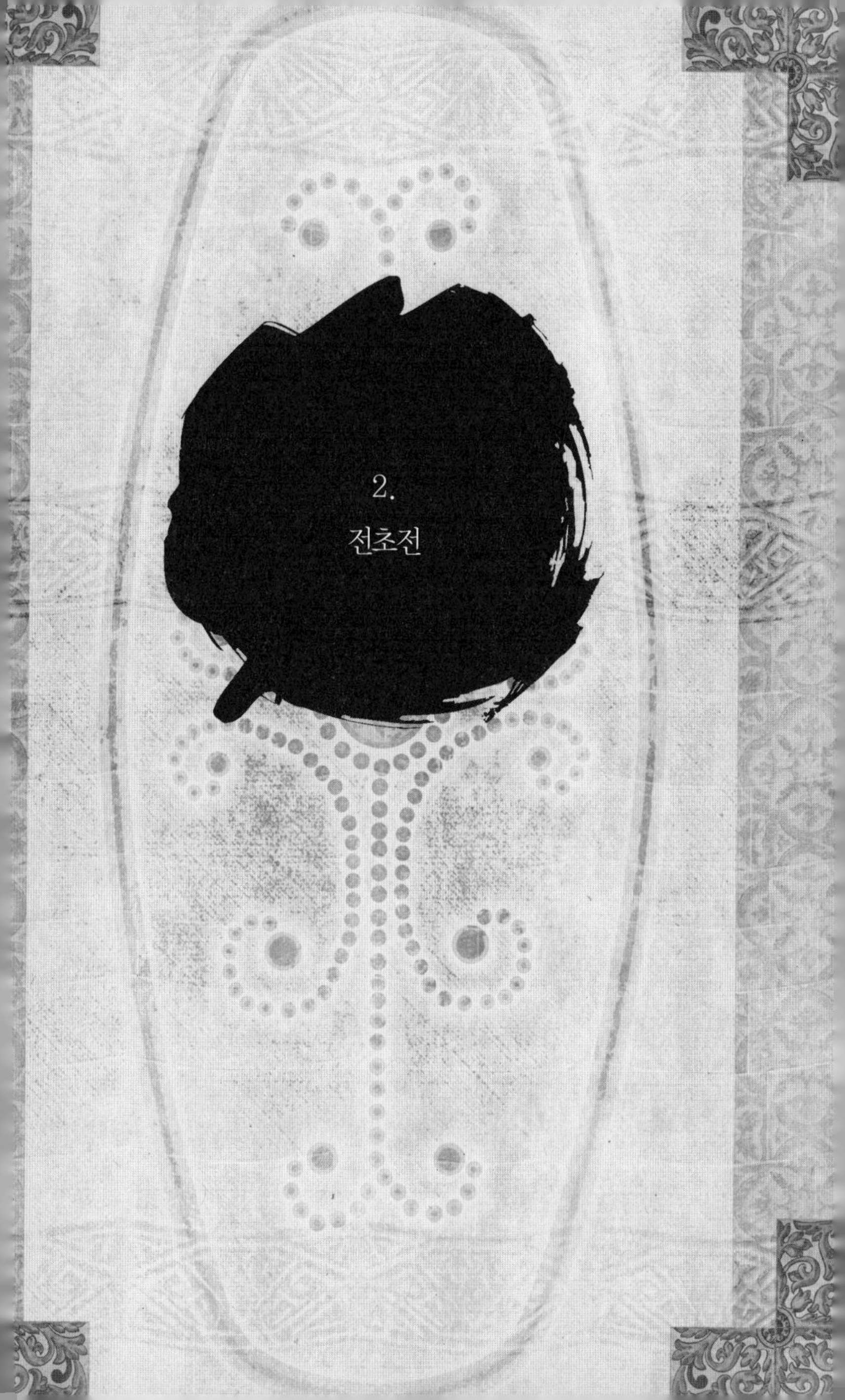

2.
전초전

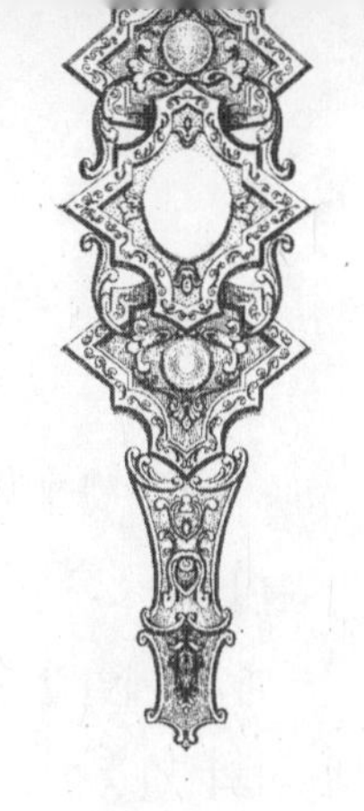

완성된 요리의 맛을 본 유나가 엄지를 척 내밀었다. 그리곤 건너편에서 한창 영화 관람 중인 이블린을 보고 내게 우아하게 인사했다. 마치 무도회장의 귀부인이 치마를 살짝 들며 춤을 제안할 때의 모습 같았다.

—그럼 사랑의 요정은 이만 물러갑니다~ 즐거운 밤 되세요.

냉장고 속으로 사라졌다. 이블린을 살짝 엿보니 막 악인곡을 정리하고 바깥에 나온 시점이었다. 수프에서 스테이크와 파스타를 비롯한 코스 요리 일체를 가져가 테이블에 놓았다.

"꽤 많이 봤군요. 그런데 왜 그 부분은 왜 자꾸 넘기죠?"

본격적인 왕위 투쟁을 위한 셋레인의 축제와 라훌의 장로들이 등장하는 부분이었다.

슈를 필두로 한 신세대와 에일락 반테스를 어떻게든 깎아내리려는 구세대 간의 갈등이 첨예하게 대립하였다.

물론, 대진표를 조작하고 독을 쓰는 등 여러 가지 계략을 썼음에도 에일락 반테스가 쓸어버렸지만 말이다. 실로 압도적인 힘은 계략보다 우월했다.

"원래 토너먼트 대결이 제일 지루하거든요. 어차피 노장군이 다 이기는 거고 상대가 될 만한 맞수도 없으니까 툭툭 치고 넘어가려고요. 음~ 요리 잘하는데요? 이렇게 먹다 보면 이따금 혈력 관련 스킬을 공개하는 건 어떨까 생각해요. 최고의 다이어트 방법이니까."

"문신만 활성화해도 칼로리 소모는 최고겠군요. 능력 각성을 제법 이루게 해 줬는데 그 기능은 넣지 않았었나 봅니다?"

"열심히 일하는 신진권이 절대로 막았죠. 죄다 늘씬하고 몸 좋으면 미인의 기준이 안 선다나? 어찌나 강력하게 말하는지, 당신이 봤어야 해요.”

하여간 여러모로 재미난 녀석이었다. new century의 분신들도 태반을 정리했겠다, 이제는 슬슬 자유를 줘도 될 만큼 헌신적으로 일하는 충실한 종이 외팔의 신진권이었다. 내가 신격을 이뤘음을 알고는 납작 수그리고 있기도 하고 말이다.

“그 부분까지 봤으면 흑마력에 관해 공유해도 괜찮겠군요.”

“아주 효과적인 기술인데, 생각 이상으로 위험해요. 노장군이나 당신은 쉽게 쓰지만 이 원혼과 접촉할 때마다 몸이 오싹하거든요. 행운이 줄어드는 기분이랄까?”

“제가 곁에 있는데 설마 행운이 부족하겠습니까.”

“그러니 아무나 쓸 수가 없는 거죠.”

빙긋이 웃는 이블린의 입가에 소스가 묻어 있었다. 이를 닦아 주자 그녀가 내 손을 부드럽게 잡았다.

맛있는 음식과 깊어 가는 밤의 분위기에 흠뻑 취했다. 사랑하는 이가 곁에 있기에 더욱 마음이 들떴다.

서로의 얼굴이 가까워지고 밀착한 몸으로 온기가 오갔다. 나누며 교감할 따름이다.

피부를 어루만지는 손길이 점점 대담해져 가니 입에

서 나오는 숨도 뜨거워졌다.

시야 한쪽으로 에일락 반테스가 왕위에 오르는 것. 마인들을 독립된 공격 부대로 편성하고 산을 중심으로 한 정식 군대를 일으키는 모습이 어른거렸다.

그는 엘라곤으로부터 천부의 일족과 땅의 정령족에 관하여 들었지만, 우선 자신의 부장들을 챙겼다.

만나기로 한 시점이었고 착실하게 거둬들인 엑탈렘으로 장비를 마련해 줘야 했다.

이후 한바탕 제국의 이목을 자신에게 집중시켜서 적의 전력을 분산시킨 뒤 스팔라베와 수투트 산을 향할 계획이었다.

정말이지 단 한순간도 쉬지 않고 확고한 목표를 이루고자 움직이는 노장군의 행보였다. 하지만 우리 둘은 누구도 그의 행보에 주목하지 않았다.

그녀의 살결은 참으로 곱디고왔다.

◈ ◈ ◈

겨울은 살아 숨 쉬는 모든 생명체에게 가혹했다. 펼쳐진 설원의 땅과 북극의 대지에는 덧없이 죽어 간 시체가 넘쳤다.

에일락 반테스는 그 모두를 일으키며 군세를 키워 나갔다. 한번쯤 제대로 붙어 볼 필요가 있었다.

'분명히 추격조가 움직였을 터.'

가르테인이 돌아갔고 5성 장군들의 부활도 알려졌다. 메그론과 충돌하며 요새 하나를 쑥대밭으로 만들었으니 단단히 벼르고 있을 것이 분명했다.

지금 상황에서 언데드라는 취약점을 가진 부장들을 따로 두는 것은 어리석은 짓이었다.

그나마도 증식하는 짐승과 몬스터들로 대륙이 어지럽지 않았다면 지금 같은 여유를 피우지 못했을 것이다.

한가롭게 동맹군을 늘린답시고 돌아다니다간 필히 각개격파당한다. 한번 모으고 바뀐 정황에 따라 재정비를 할 순서였다.

그래야 셋레인도 숨겨지고 코마 중령술사의 움직임도 수면 아래로 가라앉는다. 더불어, 본성을 최대한 삭이며 명령을 충실히 이행하는 부하들이 자신에게 모습을 드러낼 것이다.

'모두 이리로 와라.'

닥치는 대로 시체들을 일으켰다.

인간은 물론, 뭍짐승들까지 모든 것을 되살렸다. 정교한 군사 운용 역시 없었다. 오직 일으키고 달려드는 단순한 통제이며 물량전이었다.

그의 뒤를 따라 달리는 온갖 시체들이 북극과 대륙의 경계를 오갔다. 급속도로 불린 군세는 25만.

이들을 이끌고 즉시 제국 북부의 성, 크렌체를 공격했다.

크렌체의 다른 이름은 북부의 성지(聖地)였다. 태양신 뮤테르의 종 중에서도 큰 족적을 남긴 성 마구스 비첼라의 출신지이며, 신의 궁전이라 일컬어지는 바리우스 대성당이 있는 까닭이었다.

가련한 종을 구원하기 위해 30일의 금식 기도를 올리고 그 말씀을 적은 신의 석판. 그것에는 천사라 불리는 광명 전사의 전투술이 기록되어 있었다.

이를 통해 사제들에게 신성 격투술이 전해졌으니 당대의 모든 전투 사제의 시조가 곧 성 마구스 비첼라라 해도 과언이 아니었다.

그의 죽음과 함께 사라진 석판이기에 혹자는 펠마돈의 비서는 아니냐는 추론을 했지만, 돌에 맞고 매질 당하여 쫓겨났을 따름이다.

바리우스 대성당은 뮤테르의 전투 사제들이 포교 활동을 벌이며 세워진 자발적 건축물이었다.

도움을 받았고 신심으로 보답하고자 십시일반 모은 재물과 노동력들이 70년에 걸쳐 크렌체의 성당을 조금씩 확장시켰다. 그렇기에 바리우스 대성당은 실로 다양한 면모를 갖추고 있었다.

정문은 초라하지만, 내부 장식은 더없이 화려하다가 이방인의 조각상이 있는 것처럼 다채로운 문화가 두루 얽힌 모습이었다.

모두 헌금과 봉헌으로 채워졌기에 작은 돌조각 하나까지도 사연이 녹아든 이유였다.

그러한 크렌체에 불길한 일들이 벌어지기 시작했다.

"멧돼지에 산표범까지, 뭐냐? 갑자기 왜 난리야!"

"쥐들이 갑자기 왜 이러지?"

"가축들이 죄다 미쳤나?"

신의 입김이 머물렀다는 역사적 가치와 상징성이 무너지고 신심 가득한 사제들과 정련된 병사들에게 의구심이 피어올랐다.

북부의 한파 속에서도 평온하고 안락했던 그들의 일

상이 허물어지는 데 걸린 시간은 고작 사흘이었다.

시작은 날뛰는 동물들이었다.

북부의 짐승과 몬스터들이 떼거리로 밀려 내려왔다. 안에서는 천장과 하수구를 기어 다니던 쥐부터 기르는 짐승들이 날뛰었다. 바퀴벌레 따위의 곤충들까지도 득실거렸다.

한 방향으로 도망치는 것이면 천재지변이라 했을 것이다. 하지만 사람을 깨물고 저들끼리 짓씹으며 피를 마시는 건 하나로밖에 말할 수 없다. 악의적인 누군가의 술수였다.

"흑마법이야!"

"감히 성스러운 크렌체에 저주라니!"

대주교 엘리 베르마테의 신성력은 능히 어둠을 밝히고 도시를 정화할 만큼 신실하다 했다.

즉각 신도와 사제들이 성스러운 빛을 사용하여 사태를 해결하고자 했다.

그러나 정화는 불가능했다. 오염된 부분이 사멸하며 바로 생명을 잃은 탓이었다.

기존의 흑마법과는 사뭇 다른 양상이다. 마치 질병 그 자체가 이성을 갖고 살아 움직이는 모습이었다.

"이 입들은 뭐지?"

"아귀? 소화기관도 없이 입과 이빨만 가득하군."

"혐오스러운 걸 보면, 타락한 정령이라도 되는가 봅니다."

바퀴벌레 하나하나에서부터 죽은 짐승의 내장이 물고기처럼 퍼덕거렸다. 꿈틀거리며 껍질을 튀어나온 그것들은 벼룩처럼 튀며 저들끼리 씹고 사람들에게도 달려들었다.

피부를 파고 들어가자 내부에서 번식을 시작했다. 게다가 놀랍도록 전파 속도가 강했다.

"저열한 마물이외다. 모두 정화해야 하오!"

"우려할 것 없습니다. 믿음으로 구원의 빛을 인도하리니, 모든 해악은 사멸할 것입니다."

두 손 모으며 기도하니 이들의 작은 빛이 반사했다. 성의 주민 모두가 뮤테르의 신도들이다.

사제들의 인도에 따라 대성당으로 모였으며 이들은 경건하게 예배를 드렸다.

그리고 신심이 결집되자 순은의 종이 저절로 크게 울리며 성스러운 종소리를 퍼뜨렸다. 기적은 즉각 일어났다.

햇살처럼 전역을 덮은 신성력이 대번에 마물을 깡그리 소멸시킨 것이다.

다음으로 치미는 감정은 분노이자 복수였다.

종교에는 두 개의 얼굴이 있다고 하듯 자애로운 사제들이라 할지라도 이단과 배교자들에게는 그 어떤 악마보다도 더 잔인한 모습을 보일 수 있었다.

"반드시 찾아내야 하오."

"대관절 어떤 간악한 무리가 이러했는지 끝까지 추격하여 뿌리를 뽑아야 하외다."

조사단이 꾸려졌다.

그러나 오염의 원인과 흑마법사들의 흔적을 쫓던 중 새로운 사실이 밝혀졌다.

혼란의 와중, 마법사들이 모두 암살당했다는 사실이었다. 크렌체 전체를 경악하게 만든 마물들은 미끼에 불과했다.

공간 이동 게이트가 철저하게 파기되었고 이를 보수하고 가동할 마법사들 역시 모두 행방불명된 상태였다.

암상인들까지 피살되었는데 그들의 출입용 인증패인 루콘은 절굿공이로 찧은 듯 가루만 남았다.

드문드문 보이는 시체는 그야말로 머리카락 하나를

건지는 게 기적일 만큼 앙상하게 뼈만 발견됐다.

그리고 봉안당의 뼛가루들과 무덤의 시체들이 지면을 뚫고 기어 나오기 시작했다.

삐걱삐걱거리며 마법을 쓰는 스켈레톤 메이지를 처리하고 확인한 결과, 실종된 마법사의 유해였다.

짙은 안개가 크렌체 전체를 감싸기 시작한 것은 그즈음의 일이었다.

몸서리쳐지는 차디찬 냉기가 감도는 안개였다.

크렌체의 성주, 바한 나베스 백작이 대주교를 찾았다.

"심상치 않소. 무언가 거대한 것이 밀려오고 있소이다."

보통의 흑마법사가 할 만한 일이 아니었다.

처음 보는 오염된 정령부터 서서히 숨통을 조여 오는 계획적인 움직임까지, 실로 등골이 서늘해질 만큼 철저했다.

흑마법과 저주라는 것이 이토록 실체화되어 강력한 위력을 발휘하는 일은 역사적으로 유례가 없었다.

오직 용과 악마, 그리고 마녀가 존재했다는 창세록과 성서에만 기록되었을 따름이다. 인간들의 시대가 되며 사라진 케케묵은 이야기였다.

그러나 작금의 일은 허황하다 싶었던 옛 기록을 들추게 하였다. 오직 악의로 똘똘 뭉친 정령이란 건 오직 그 기록에서나 존재했던 탓이다.

"악마라도 소환한 거요?"

"사료를 통해, 알제반 블라스타의 기록을 찾았습니다. 음모와 질병의 대악마지요. 현 크렌체의 상황이나 조짐이 그때의 종말과 매우 유사합니다."

터무니없어 하면서도 혹시나 하고 물었는데 대주교는 심각하고 진중한 낯으로 대답했다.

"내 감히 지식을 자랑하는 건 아니오만, 신마대전, 용마대전을 거치며 맹약이 이뤄졌고 물질계는 오직 필멸자의 의지가 우선하게 되었노라고 본 바가 있소. 그런데 마계의 대악마가 이 땅에 강림했다는 거요?"

"누군가가 그만한 원한과 능력을 갖췄다면 그럴 수 있을 테지요. 피렌체 모든 이의 염원보다도 더욱 큰 원한을 말입니다."

"족히 60만을 헤아리는 신심보다도 거대한 원한이 존재할 리 있겠소?"

"모르지요. 하나, 지금 우리가 당면한 사태는 그러합니다. 최악 중에서도 최악을 가정한 것이지만 말이지요."

성호를 긋는 대주교에게 백작이 탄식하고 물었다.

"대안은 있소?"

"선지자들의 기록과 가르침을 찾고 있습니다."

"……서두르시오. 내가 신의 뜻은 모르나, 본능은 있소. 더 늦으면 찾더라도 무효할 거요."

이후 바한 나베스는 흔들리는 민심을 바로잡고 전령을 보내 외부에 도움을 청하며 혼란 수습에 전력을 다했다.

그러던 중 기사단이 깃발을 등에 멘 외지인의 흔적을 발견하였다. 그리고 추격하겠노라는 메시지를 끝으로 연락이 끊겼다.

이틀 후 성문 바깥에서 기사단원 70명의 수만큼 스켈레톤 나이트들이 나타났다.

백골마를 타고 나베스 백작가의 문양이 새겨진 무장을 한 언데드 기사들이었다.

—왕이 돌아오신다.

—산자는 죽을 것이요, 죽은 자는 영원히 살아가리라!

—오라. 우리와 함께하자. 어차피 우린 다 죽는다. 하하하!

크렌체의 기사들은 모두 뮤테르의 신도들이기도 했다.

검과 마법의 조예가 있으나 신성력 역시 갖고 있었다.

문신술과 마법으로 신성력을 품지는 못했지만 적어도 성물이나 광휘의 촛대를 사용하며 만일에 대비했었다.

그런 그들이 모두 언데드가 되어 돌아왔다. 친숙한 갑옷과 부러진 제국의 깃발을 들고는 크게 외쳤다. 안개 속을 곤충 무리가 날아다녔는데 그때부터 이명이 울리고 환청을 보는 이들이 속출했다.

이를 제거하고자 성문을 열고 병사들이 나설 때에는 실로 귀신처럼 안개 낀 저편으로 사라졌다.

불안과 공포의 밤이었다. 이후 본격적인 재앙이 시작했다.

"괴질이 창궐했다!"

원인을 알 수 없는 질병. 식중독에 걸린 것처럼 복통과 설사를 하는 환자의 수가 늘었다.

겪은 바가 있기에 당연히 신성 마법으로 상황을 해결하고자 했다.

하지만 이는 역효과였다.

"우웨엑!"

신성한 빛에 닿자 연신 구토를 했다. 먹은 것을 게우고 위액까지 토해 내다가 널브러졌다.

괴질이 치료된 것인지 아닌지 분간할 수 없었다. 그러다 알았다.

탈수 증세를 보이기에 물을 마시게 하자 피를 토한 것.

"물! 물을 정화해!"

"우물은 진작 폐쇄했습니다."

"받아 놓았던 물도 신성력으로 정화했었습니다."

성내 곳곳의 물동이를 보던 이들. 시선이 북쪽을 향했다.

"설마 강물 전체가?"

크렌체는 거대하게 흐르는 북부의 뤼페른 강 일부를 끌어 사용하였다.

그랬을진대 문제가 생겼다는 것은 강 전체가 오염되었다는 뜻이다.

필시 강물을 오염시키는 무언가가 저편에 있을 터, 남은 기사단과 고위 사제들 1천을 상류로 보내 해결하고자 했다.

그리고 그들 역시 연락이 끊겼다.

—춥다. 너무 추워! 으으, 제발 나를 구해 줘!

—평생을 믿었지만, 내 몸은 여기서 고통받고 있다.

뮤테르시여, 어찌 나를 버렸나이까. 믿음의 대가가 고작 이것이나이까!

—나 종군 사제 타밀이다. 너희 중에 나만 못한 놈들은 차라리 자살하는 게 좋을 거다. 나와서 죽으면 평생 이렇게 될 테니까. 아아, 금식하고 금욕해야 아무것도 아니구나. 죽어도 내세는 없었다!

그들은 시체가 되어 성의 해자 너머를 밤 동안 달렸다. 스켈레톤이 된 이들은 피렌체의 사제이고 가족이며 동료가 대부분이었다.

그들이 울부짖는 소리에 병사들의 사기가 떨어지고 주민이 공포에 젖어 드는 것은 그야말로 순식간이었다.

그러나 크렌체는 믿음의 도시였다.

"형제자매들이여, 저들의 영혼은 이미 구원받았소. 사특한 말에 넘어가지 마시오."

"신께서는 우리와 함께하십니다. 어둠이 아무리 짙다 한들 광명이 비치면 모두 꺼지고 흩어질 터입니다! 믿으십시오. 옛 선지자들께서 겪으신 순교의 길이 지금 우리의 앞에 보이는 것일 뿐입니다."

"때가 왔노니 광명 성전의 길이 열렸음이라! 갑시다! 진실한 기도를 올립시다!"

사제들의 독려로 혼란이 바로잡히는 사이 바한 나베스 백작은 대안 마련에 박차를 가했다. 교단의 자료가 어찌나 많은지 아직도 찾는 중이라 했다.

자력구제는 버겁기에 어떻게든 외부의 도움이 절실했다. 그러나 저 안개 너머는 가능성조차 점쳐지지 않았다.

"수습이든 견습이든 마법 지식이 있으면 모두 불러 모으시오. 불완전하다 할지라도 무조건 시도해야 하오."

육로로는 불가능했다. 게이트 복원만이 살 길이었다.

바리우스 대성당의 원로들도 나섰다.

움직일 기력조차 부족할 만큼 살날이 얼마 남지 않은 그들이기에 희생을 자발적으로 희생을 선택했다.

"이 땅의 모두를 위해 순교할 수 있어 다행일 따름이지요. 성광이면 안개는 물론 저들을 몰아낼 수 있을 겁니다."

"암시장이라는 곳의 이용권이 필요하다면, 교단 금고를 찾아보세요. 본디 이단자들의 유해를 봉인하였지만 지금은 요긴하게 쓰일 듯하군요."

극한 상황에서 더 신실해지는 믿음이 이들을 더욱 강

건히 하였다.

이 모두를 시련이며 시험으로 여기는 것이었다.

때마침 알제반 블라스타의 기록과 봉마의 성법진 역시 찾아내었으니 마계의 존재라 할지라도 능히 대처할 자신과 희망이 샘솟았다.

시련으로 이겨 낸 칼날이며 새로운 역사를 펼칠 수 있었다. 성전에 기록될 성자와 성전사들이 추가될 순간이었다.

아마도 대주교와 성주가 죽지만 않았다면 그리됐을 것이다.

계층과 분야, 자존심을 모두 벗어던지고 하나가 되었다. 생존 그 자체를 위협하는 악마의 행태에 진실로 분노했다.

일사불란하게 의기투합한 영주와 대주교, 귀족과 주교, 기사와 사제, 주민 대표와 부호들까지 한마음으로 염원했다.

사흘째 아침, 마지막 예배를 통해 마음을 다잡는 거룩한 순간에 에일락 반테스가 나타났다.

거대한 얼음의 검이 떨어지며 모든 희망은 좌절의 나락으로 곤두박질쳤다.

지축이 흔들리는 듯한 육중한 진동 이후로 용오름처럼 솟구치는 광풍이 있었다.

각각의 편린이 번뜩이는 빛을 머금은 예리한 칼날이었다. 이후 정적이 흘렀다.

바리우스 대성당의 문이 열렸다. 깡그리 쓸려 버린 내부와 꽝꽝 얼어 버린 풍경이 고스란히 드러났다.

허옇게 몰려나오는 차디찬 기류 건너로 너절하게 널린 시체들이 모습을 드러냈다.

성스러웠던 대성당은 어느덧 붉은 피가 얼음 속에서 루비처럼 반짝이는 얼음 지옥이 되어 있었다.

—백작님! 대주교님마저!

—전부…… 다 죽었어! 신이시여!

—으아아아아!

멀쩡한 시체가 없었다. 칼날의 폭풍이 휩쓸었음일까.

수백, 수천 개의 칼날로 고깃덩어리가 된 시체들은 바닥에 질척하게 붙은 모양으로 얼어 있었다.

그 충격의 순간, 대규모 군대가 진군했다.

땅과 성벽 전체가 울리는 거센 진동의 틈에서 땅거죽을 비집고 벌레들이 튀어나왔다.

뼈와 시체가 일어섰다. 아비규환의 지옥도가 펼쳐진

후, 피렌체는 평지가 되었다.

“이런 식으로 하면 되는 거군. 한 수 잘 배웠소, 라훌의 왕이여.”

보통의 언데드들과 달리 원혼으로부터 자유로운 에일락 반테스이기에 언데드와 딱히 구분되지 않았다.

그는 이를 이용하여 단독으로 잠입했고 대주교와 사제들을 도륙했다. 중심지에서 대성자의 빛도 챙겼다.

도중에 발각되어 반격을 가하는 이도 있었으나 신성력은 그를 더욱 강하게 만드는 재료일 뿐이다.

순수한 무력으로 경지에 들지 못한 이상 에일락 반테스를 위협할 수단은 없었다.

“좋아, 그럼 남은 건 우리가 하나씩 해결하겠네.”

신성한 성당에서 모두가 기도를 올리는 순간, 목을 잘랐다. 당황을 틈타 학살하였다.

가장 안전한 장소이자 신의 은총이 가득한 성지에서 벌인 참극이기에 저들의 충격은 더욱 컸다. 그 덕분에 살육을 마무리하는 데는 오랜 시간이 필요치 않았다.

도개교를 내리고 외성과 내성의 문을 활짝 열었으며 군대를 진군시켰다.

이후의 학살은 악인곡의 다섯 원로가 모두 행했다.

일부 사제가 자기희생을 쓰기는 했으나 대부분은 공허하게 신과 황제, 부모의 이름만 울부짖다가 죽었다.

"요새 하나면 모든 율법으로부터 자유롭게 하겠다는 약속, 잊지 마라."

[건승을 기원하지.]

에일락 반테스의 지휘 아래, 요새 공략의 방법을 예습한 원로들이 제각각 다른 방향으로 흩어졌다.

남은 것은 다시 십만이 넘는 스켈레톤 부대와 레이스라 불리는 유령들뿐이었다. 에일락 반테스는 휘하 부장들이 오기를 기다리며 시체들을 일으켰다.

그리고 반죽을 주무르듯 일반 병사와 기사 급의 백골을 합치며 더욱 강력한 병사를 만들었다.

숙달되지 않았기에 적잖은 실패작들이 나왔지만, 재료는 넘쳤다. 그때 불현듯 에일락 반테스가 뒤를 보았다. 심령이 연결된 다섯 부하가 오고 있었다.

"남은 것이 없군요. 대체 이게 무슨 작전입니까?"

[섬멸전이지. 언데드라는 사실을 자각하도록 해라.]

한참 엑탈렘을 모으고 소소하게 살육을 일삼던 4성 장군 테올드가 먼저 도착했다.

근방에서 작업하다가 언데드 군단이 성을 점령했다는 소문을 듣고 달려온 것이었다.

피란츠와 호류암도 금세 합류했다. 모아 온 중식의 마석과 관처럼 짊어진 엑탈렘들이 쌓였다.

에일락 반테스는 부하들이 모아 온 마석을 거두고 엑탈렘으로 무기를 만들어주었다.

"사람은 물론, 모든 것이 죽었네요."

"아무것도. 아무것도 없습니다."

실란과 피란츠를 끝으로 모두 모였다. 에일락 반테스는 크렌체의 참극을 저들에게 살피라 한 뒤 점령 과정과 결과를 일러 주었다.

[이전의 전술은 참고만 한다. 언데드의 특성을 기초로 초토화 작전을 첫째로 시행한다.]

"모두 죽이고 허문다? 하긴, 우리에겐 먹고 마시는 모든 것이 필요 없지요."

인구 15만이 있던 성은 평지가 되어 있었다.

아름다운 문화유산은 역사의 뒤안길로 사라졌다. 이 지옥도는 훌륭한 교본이다.

언데드의 최대 강점이 무엇인지를 여지없이 보여 준다.

움직이는 시체? 부수지 않으면 멈출 수 없는 뼈다귀? 인간에 대한 증오심으로 움직이는 괴물?

언데드 군단의 힘은 고작 이것이 아니었다. 그런 특성 따위는 겉으로 보이는 외부적인 것에 지나지 않았다.

승리와 살육을 우선하는 군대는 가장 잔인하며 효과적으로 적을 말살시킬 수 있었다.

일반적으로 전쟁이 벌어졌을 시 어떤 군대도 침략지의 제반 시설까지 허물지 않는다. 그 성을 기반으로 거점을 유지해야 하는 까닭이다.

하지만 언데드는 달랐다.

단지 죽은 자들이라는 것만이 아니라 죽은 자들의 물자와 살아 있는 자들의 필수품은 공유되지 않는 게 결정적인 차이였다.

그 탓에 모든 종족의 공통된 적이 바로 언데드였다.

"유격전에 섬멸전이군요. 기한은 언제까지입니까? 저희 다섯만으로는 적의 주력을 분산시키기고 요격하기엔 어려움이 많습니다."

[두 달이면 된다. 그사이 셋레인의 우군이 명분을 흔들 것이다.]

에일락 반테스가 승승장구한다면 언데드의 공습에 대항하자는 전국적인 움직임이 일어날 수 있었다.

그리되면 란티놀 제국의 멸망이 아닌 인간이라는 종족의 말살이 목표가 되며 승산은 턱없이 낮아진다. 장기화하는 것 역시 당연했다.

이때 라훌 일족이 나타나 제국을 규탄하면 적들의 명분을 약화할 수 있었다. 언데드라는 공공의 적만큼 제국의 비인도적인 실험을 공론화한다.

그간 억압당했던 소왕국들이 목소리에 힘을 줄 수 있도록 제국의 힘을 약화시키는 것은 그래서 필요했다.

"이방인에 불과한 라훌이 과연 대륙인들의 인정을 받을 수 있을까요?"

실란의 물음에 에일락 반테스가 충분히 가능하다며 대답했다.

[저들 모두 최소 평기사 급의 무력을 갖췄고 그들의 장로들은 석년의 너희와 비등하다. 일족을 이끄는 왕은 나와 능히 생사 대결을 할 만한 경지이지. 제국이라 하여도 쉽게 처리할 수는 없다.]

부장들이 놀라는 사이 마인들에 대하여도 일러 주었다.

[유격전 역시 선발대가 떠난 상태다. 마령과 계약한 이들로서 일신의 무위가 제국의 초인 급이지. 그들 다섯이 각기 제국 국경을 혼란케 할 터이니 유용하게 쓰면 된다.]

잠자코 듣던 호류암이 고개를 끄덕이자 그의 그림자가 일렁였다.

"허물 벗기. 마인과 현재의 언데드 군단은 모두 버리는 패입니까?"

[바로 보았다. 증식하는 몬스터와 언데드의 창궐. 마령을 다루는 마인에 엑탈렘 전신 갑옷으로 정체를 알 수 없는 살육자들이 란티놀 제국을 혼란케 한다. 이후, 인간들의 갈등을 고조시킨 뒤 라훌과 코마를 비롯한 이종족들과 연합전선을 펼친다.]

"그때의 언데드는 지금과는 다른, 말 그대로 다른 종족으로서의 면모를 보여야 하겠군요. 적을 철저히 기만한다니, 제가 알던 대장군이 맞는지 의심될 지경입니다. 이런 술수는…… 정말 당신과 맞지 않으니까요."

[과거와 같은 실수를 똑같이 범할 수는 없는 노릇이지. 비겁한 승자와 정의로운 패자. 하나를 해 봤으니 다른 하나를 이루어 볼 차례 아니냐.]

이를 들은 테올드의 입이 좌우로 찢어졌다.

"간단하게 정리해서, 그냥 끈질기게 괴롭히라는 거 아닙니까. 맞지요?"

[하나 더 있다. 절대로 죽지 말 것. 아직 누려야 할 것이 세상에 많으니라.]

테올드가 크게 웃었다.

"좋습니다. 아주 좋소이다! 되살아나시더니 대장군께서 아주 비열해지셨군요. 암! 우리가 당한 고통! 그 원한이 얼마인데 쉽게 점령하겠습니까! 살아 있는 자들의 전술은 이제 필요 없지요!"

개괄을 들은 이후 구체적인 작전이 이어졌다.

[전선을 살펴야 한다. 너희는 마인들보다 몸을 사리고 그들을 제일의 희생양으로 삼아라. 어렵지는 않을 것이다. 그들은 존재 자체만으로도 배척받을 테고 욕망 역시 들끓고 있으니까.]

"문제없습니다. 경지만 높은 얼간이들이니 저들의 자만을 이용하면 될 일입니다."

에일락 반테스가 가장 의욕을 보이는 테올드에게 지시했다.

[네가 북에서 압박한다. 일반적인 군세로 뒤흔들어라.]

"일반적이라니, 무슨 말입니까?"

그는 성의 주민과 병사들을 살린 군대를 보여 주었다.

스켈레톤이라 불리는 보통의 언데드 군단이었다.

살아 움직이는 시체들이며 신성력에 지극히 취약했다.

대신 숫자가 매우 많았다. 에일락 반테스는 테올드에게 15만을 턱 하니 내주었다.

"벌써 기대되는군요. 흐흐. 죄다 팔다리를 잘라서 광대로 만들어 버리겠습니다."

침을 꿀꺽 삼키며 복수의 칼날을 갈았다.

2성 장군 호류암과 4성 장군 뮬락에게는 다른 것을 주었다.

[무한 생성되는 몬스터들은 정령 형태도 있지.]

타락한 불의 하급 정령. 독을 품은 도마뱀 따위가 그것이다. 여행자들이 있다면 사냥하기 좋았을 그것들은 사용하기에 따라 꺼지지 않는 불과 흐르는 강물조차 독극물로 만드는 치명적인 무기가 될 수 있다.

제국의 곡창지대는 서쪽에 자리하고 수원은 동에서부터 시작했다.

그는 뮬락에게 모든 삼림을 불태우게 하고 호류암에

게 독을 품은 증식의 마석으로 물을 오염시키게 했다.

꺼지지 않는 불과 정화되지 않는 물이기에 연못을 증발시키며 강물마저 독물로 만들 수 있었다.

쓰기에 따라 이보다 무서운 것도 없었다. 주의할 것은 증식하는 몬스터만큼이나 기이한 자연 현상으로 묻어가야 한다는 거였다. 타깃이자 악의 축은 철저하게 셋레인의 마인들이어야 했다.

[피란츠, 너는 제국 내부로 들어가라. 네 자손이 많으니 그들 중 하나로 분하면 될 것이다.]

"잔인한 명령이시군요."

자신과 비견되는 젊은 장수, 뇌전의 검을 홀로 깨우친 1성 장군에게는 가혹한 지시를 했다.

종마 노릇을 하며 우월한 그의 혈통이 제국에 흩뿌려진 상황이었다.

그들 중 하나를 죽이고 자리를 대신 차지하여 내부에서 교란하고 다른 부장들을 암중에 도우라는 의도였다.

"대장군, 엑탈렘 갑옷을 의심하지는 않으나 저들의 신성력으로부터 제가 아직 자유롭지 못합니다."

[아니, 네가 분노를 다스릴 수만 있다면 결단코 들키지 않을 것이다. 언데드의 탐지는 쌓인 원혼을 기본으로

하기 때문이지. 내 너희에게 흑마력의 정수를 전해 주마.]

비밀의 시선을 통해서 본 세계의 경계와 원혼들. 나아가 흑마력이라고 하는 저주의 비밀을 알려 주었다.

언데드라는 존재의 부정적인 기류와 이유에 대한 정리였다.

"이를 역이용하신다는 말입니까."

[충분히 가능하다. 내가 피렌체를 그리 정리했느니라.]

들러붙은 원혼이 치명적인 독이자 악운으로 자리한다는 것은, 반대로 얼마든지 행운을 조작할 수 있다는 증거였다.

에일락 반테스는 부장들에게 들러붙은 원혼들을 모두 자신이 거두었다. 그리고 피란츠를 위한 찰싹 달라붙는 내의를 추가로 만들어 주었다.

스판덱스 재질의 옷처럼 얇고 탄력 있게 제작한 뒤 그 겉면에 피렌체에서 얻은 성자와 성물의 잔해를 발랐다.

"피부에 닿지 않게 조심해야겠네요."

"나 같은 성격으론 못 해먹겠지."

실란과 테올드의 말대로 끈기와 평정심이 필수였다.

자기절제가 없다면 적진 한가운데서 산 채로 잡힐 위험이 컸다. 원한 가득한 몸으로 되살아난 피란츠에게도 쉬운 일은 아니었지만, 두 달이라는 시간 동안이라면 감당할 수 있었다.

[실란은 보름간 나와 함께 남하하며 적의 주력을 붙든다.]

"남쪽이면 해양 몬스터일 테니, 기반 시설도 꽤 무너뜨리는 거네요. 제국의 관심은 물론, 언데드의 모든 편견을 한 몸에 받고 말이죠."

실란은 단번에 그의 의도를 이해했다. 주파하며 해양 몬스터들을 되살려 다시 북상한다. 그리고 도중에 거대 몬스터를 비롯한 모든 부대를 돌격시킨 후 자신들은 사라지는 거였다.

여기까지가 두 달이라는 시간 동안 이뤄지는 유격 섬멸전의 골자였다.

부장들이 숙지하는 사이 에일락 반테스는 그들 개개인의 개성에 맞도록 무기를 제작했다. 헬버드는 물론, 검과 가시 채찍, 대도, 철퇴에 이르기까지 하나하나 특성에 맞췄다.

[서전에 불과하다. 본 전쟁은 시작도 안 했으니 몸을 사리도록 해라. 두 번 죽지 마라.]

"여부가 있겠습니까, 대장군."

무기를 챙기는 저들의 발걸음이 실로 가벼웠다.

환혼력이 파형을 그렸다. 선두에 선 그의 백골마가 호수를 얼리고 뒤이은 군대가 이를 단단한 땅처럼 건넜다. 직선로로 주파하며 다섯 개의 성을 허문 그의 군대는 여전히 25만의 언데드로 구성되어 있었다.

다른 병력은 땅에 묻고 각자 활동하게 하여 더 많은 시체를 늘리는 탓이었다. 그렇게 파죽지세로 밀고 나가던 에일락 반테스는 마그레트 요새에서 멈추게 되었다.

좁은 협곡. 이를 틀어막은 성벽 앞에 군대가 있었다. 선두에 있는 세 명의 기도가 가히 압도적이었는데 면면이 매우 익숙했다.

"기다렸소, 에일락 반테스."

선두의 인물은 가르테인이었다. 지시랏트에서 찰나간 마주했던 황제의 검이다. 제자들로 보이는 무리가 그의 뒤에서 각각 검함을 들고 있었다.

[금령포로군.]

"허허. 방심했다고 된통 당했으니, 이제는 달라야지 않겠소."

구름과 물, 바람의 산수화가 그려진 의복에서 살아 움직이는 생동감이 전해졌다. 정갈하게 빗어 넘긴 흰 머리칼의 그가 들고 있는 검에는 금방이라도 승천할 것 같은 용이 새겨져 있었다.

그란디움 발베란에 조금도 못잖은 제국의 국보인 용광검(龍光劍)이었다.

완전무장을 한 가르테인의 왼편에는 잎담배를 뻑뻑 피워대는 노인이 있었다. 가르테인과 악연이 있었던 만큼 그의 얼굴엔 씁쓰레한 웃음기가 감돌았다.

"설마 그대와 내가 같은 편에서 싸울 날이 올 줄이야. 실로 세상은 모를 곳이로고."

[약자들이 힘을 합치는 건 당연한 처사이지.]

"불패의 명장, 그란시아 구국의 영웅이라면 그리 말할 자격이 있지. 하나, 오늘은 다를 거외다. 합공을 하기엔 이쪽의 전력이 너무 세서 말이지."

메그론이 푸근한 웃음을 보였다. 그 넉넉한 웃음은 비밀의 시선으로 보면 악귀 같은 사내의 냉소였다. 동공 없는 핏빛 눈동자의 그는 성별을 의심케 하는 아름다운 외모이나 치아가 몽땅 보일 만큼 입술이 귀밑까지 찢어져 있었다.

늙은 보누스의 껍질을 벗기면 학살자 메그론이 나설 것이다.

[당하고서 본 모습을 보일 셈인가 보군. 예상보다 후배들은 어리석은가 보이. 패배가 한 번으론 부족했던가?]

변신하는 동안 기다려 주는 낭만은 전장에 없다. 메그론의 저 여유가 곧 패배를 부를 수 있었다.

"내 차례까지 오기나 할는지 모르겠군. 선전해 보시구려."

메그론이 깊게 빨아 마신 담배 연기를 뿜었다. 그의 뒤편에 있던 용병들이 맞는다며 킥킥 웃어댔다. 측근으로 보이던 호리호리한 주근깨 얼굴의 마법사, 토이가 이들을 단속했다.

반면 디엔나는 빙긋이 웃었다.

"멋있는 할아버지~ 우리 구면이죠? 저 기억하세요?"

짧은 머리칼에, 활을 맨 그녀는 손을 번쩍 들고는 흔들었다.

"아이고, 우리 누님 왜 또 이러나~"

"대장님들 끼는 판에 함부로 끼지 마소! 난리 나니께."

"에이~ 그냥 어차피 섞이면 다 뒤질 텐데 뭘 그렇게 앞뒤 재고 그래? 사내새끼들이 말이야."

뒤죽박죽 혈기 넘치는 용병들의 모습에 가르테인 뒤편에 있던 제자들이 눈살을 찌푸렸다. 그즈음 마지막 노인이 떡갈나무 지팡이를 흔들었다. 흰 머리칼에 하늘거리는 체모까지, 이상현이 호캄으로 변모하였을 때의 외관과 매우 닮아 있었다.

"테살도르에서 온 마법사, 오르샨 테쟈르라 하오. 그란시아의 전 영웅 에일락 반테스여, 세월을 격하여 이리 만나게 되니 실로 가슴이 뛰는군."

흰 망토와 모자를 쓴 백미백염의 노인은 3미터에 육박하는 거대한 키의 거인이었다.

[북극의 마력을 흡수한 마법사인가.]

"폭넓은 식견이로고. 맞소. 신체적 약점을 극복하고자 특이 마력을 연구하였었지."

그가 키보다도 큰 지팡이를 풍차처럼 휘둘렀다. 사색(四色)의 전광이 떡갈나무 지팡이를 물들였다.

"소개하리다. 마도학의 정점에 도달했으며 공간의 극의를 엿보는 자, 오르샨 테자르라 하오."

몬스터 급 육체에 마도학마저 경지에 이른 명실상부한 초인이었다. 흰 모자와 망토와 같은 하얀 체모의 그는 동공 없는 백색 눈동자로 주시했다.

[제국과의 일에 마도국이 어인 일로 참여하였는가?]

"나는 그대에게 한 가지 확인할 것이 있소이다. 이상 증식하는 생태계에 관해 혹 아는 게 있소? 신중히 대답해 주기를 바라오. 답변 여하에 따라 우군이 될 수도, 적이 될 수도 있으니까."

[우스운 말이로군. 내 앞에 있다는 것으로 이미 그대는 적이다.]

오르샨 테자르가 의아한 듯 에일락 반테스에게 물었다.

"그럴 수 있군. 하면 본국의 참가 여부는 왜 물은 거요?"

[테살도르를 징벌할지, 전복시킬지 가늠하기 위함이지. 그대야말로 대답에 신중을 기하는 것이 좋을 것이다.]

"재밌군, 아주 재미있어. 옛 영웅다운 배포로군. 협

상 따위는 진즉 결렬이라니."

그가 지팡이를 까딱였다. 살짝 기울이니 대번에 거대한 포신의 환영이 생겼다. 주문을 외우는 것조차 생략한 고도의 마력 운용이었다. 일순간 번쩍이는 전광의 마포가 일직선상으로 뻗어왔다.

이에 대한 에일락 반테스의 대응은 가볍게 손을 드는 작은 동작이었다. 그 움직임에 중력이 역전되며 마법이 하늘로 날아가 버렸다. 기습을 감행한 것에 비해 참으로 가벼운 성과지만 아쉬워하는 이도, 놀라는 이도 없었다. 가벼운 인사에 불과했던 까닭이다.

"에일락 반테스, 주인을 참살한 버려진 데스나이트여. 그대의 동력은 복수요, 증오요, 아니면 사명이오?"

오르샨이 왼손을 하늘에 뻗으며 말했다.

[오롯한 나의 뜻이라면?]

"질서를 흩트리는 자이니 이 자리에서 배제할 생각이라오."

그의 손이 에일락 반테스를 향했다. 곧 유성처럼 궤적을 남기고 승천하던 그의 전광이 지운 듯이 사라졌다. 그리고 에일락 반테스가 탄 백골마의 밑에서 공간이 열렸다.

'공간을 다룬다더니.'

즉각 대처했다. 아래로 내려치는 손동작에 환혼력이 뻗어 나가며 치솟던 마법을 찍어 눌렀다. 그 반동에 따라 백골마와 그의 몸이 위로 떠올랐다.

충돌하는 여파가 동심원으로 퍼져 나가는 사이 백골마가 뒤로 물러서며 전투 태세를 취했다.

"시대에 따라 마도는 발전을 거듭했다오. 아실는지 모르나 전광의 마포 역시 그 산물의 하나이며 본 마도국이 양산하여 보급한 마법이지. 진실한 위력을 오늘 보여 드리리다."

오색의 빛을 줄기줄기 뿜어 대는 지팡이가 횡으로 움직였다. 빠르기는 섬광과도 같고 위력은 산을 떨리게 하며 충격파는 지진을 일으키는 마법. 전광의 마포가 발현됐다.

"아류와 본류의 차이 중 하나는 연격이고."

가볍게 긋는 잔영에 다섯의 백광이 응축되었다가 거센 포격을 퍼부었다.

"둘째는 속성의 다변화외다."

세로로 가르는 그림자에 따라 청색, 홍색, 황색, 녹색, 백색의 구체가 일렁였다.

그란디움 발베란을 뽑아 겨눈 에일락 반테스가 즉시 검계를 구현했다. 광검이 구현한 검의 경계로 십자의 마력 포격이 폭발했다.

제일 먼저 백골마의 다리가 부러졌다. 충격파의 여력만으로도 덜컥이더니만 구슬픈 울음만 남긴 채 백골마가 으스러졌다.

어검술을 쓰면 관통할 수 있었다. 그러나 가르테인을 경계하여야 하기에 아껴 둬야 했다.

에일락 반테스는 검으로 황제의 검을 경계하며 빈 양손을 단번에 떨쳤다.

환혼장벽을 펼쳐 십자포화를 마주한 채로 환혼력으로 창을 생성한 뒤 훼이얀 창술의 나선참으로 중심점을 찔렀다.

오르샨 테쟈르가 떡갈나무 지팡이로 땅을 찍었다.

쾅, 내리찍은 지팡이를 기점으로 다져진 땅거죽이 삽시간에 들고 일어났다. 불쑥 치솟아 사방을 가로막는 감옥이 되었으나 나선참을 막기엔 역부족이다.

회전하는 창의 묘리로 깨부수고 나아가자 흙과 돌 따위가 거대한 골렘이 되어 앞을 가로막았다.

건물 높이의 그것이 두 주먹을 내리찍었다.

이에 자세를 낮춘 발이 전진하며 급가속했다. 돌격형 보법의 총화인 거산격이 골렘의 몸체를 산산이 흩어 버렸다.

성벽 같던 위용의 골렘이 종잇장처럼 뚫리고 나니 다소 놀란 기색의 오르샨 테쟈르가 바로 드러났다.

영롱한 빛을 품은 검은 가르테인을 경계하고 시선은 메그론에게 둔 채 창술로 오르샨 테쟈르를 밀어붙이는 모습이었다.

대결에 가까운 대장들의 전투에 양측의 군사들은 온 신경을 집중하여 지켜보았다.

"굴절."

오르샨 테쟈르가 떡갈나무 지팡이를 고쳐 잡았다. 회로와도 같은 마력 술식이 지팡이를 휘감더니 광검처럼 번뜩이는 마력의 핼버드로 화했다.

"회륜."

찰나간 노회한 창술가의 환영이 스치더니 오르샨 테쟈르의 몸이 회피형 보법을 밟으며 카운터 공격을 감행했다. 에일락 반테스의 검계를 우직하며 깊이 있는 일격이 갈라 왔다.

창술로 응대하자 핼버드의 끝을 타고 타점이 어긋났

다. 뒤이어 틈을 탄 날카로운 베기가 에일락 반테스의 옆구리를 갈랐다. 굴절과 회륜이라는 이름 그대로의 효용이었다.

'살을 주고 뼈를 친다.'

공격을 허용한 상황에서 에일락 반테스의 선택은 공격이었다.

방어를 도외시한 그의 대수인이 오르샨 테쟈르에게 날아들었다.

옆구리와 머리, 허용하는 순간 최소 중상인 공방에서 물러선 이는 오르샨 테쟈르였다.

핼버드의 방향이 대수인으로 바뀌었다. 그 순간 승기(勝機)가 넘어왔다.

이상현의 능력에는 일그러진 륜을 통해 입은 법력이 담겨 있었다.

아직 전부는 아니었으나 통상의 공격 이상의 위력을 발휘한다. 이른바 신력(神力)이 어린 공격이다.

오르샨 테쟈르의 지팡이가 뚝 분질러졌다. 자신의 실수를 알아차린 마법사는 재빨리 검지를 깨물어 피를 냈다. 뒤이어 지팡이로 원을 그리는 한편, 왼손을 뻗었다.

"겁화(劫火)여, 승천하라!"

검은 구체의 막이 정면을 가로막으며 소형 블랙홀처럼 인력(引力)이 작용했다.

에일락 반테스가 쇼크웨이브로 대응하자 팽팽한 대치가 이루어졌다.

그때, 땅거죽으로부터 황금색의 열기가 와락 솟구쳤다.

[손을 많이 쓰게 하는군.]

지금껏 쓰지 않던 에벤티움 화엔타인의 힘을 사용했다.

시리던 환혼력이 증폭하여 땅은 물론, 인근의 모든 것을 얼려 버렸다. 에일락 반테스는 단단해진 그 땅을 쾅 내리밟으며 일점집중의 권을 뻗었다.

"기다렸다."

오르샨 테쟈르가 막고 있던 검은 구체 대신 투명한 공간을 열었다. 거울처럼 에일락 반테스의 뒤통수가 비치는 공간이다. 문을 열어 공격이 스스로 돌아가도록 한 거였다.

그러나 실린 법력이 오르샨 테쟈르의 마력 구조를 흩트렸다.

되돌려야 할 공간이 그저 마력 방패의 효과로 변질되어 몸에 과부하가 걸렸다.

마력이 뚫리고 부러진 떡갈나무 지팡이가 날아가며 그의 목이 부러질듯 뒤로 꺾였다. 호캄의 육체가 아니었다면 목이 뜯겨 나갔을 충격이었다.

"이럴 수가, 분명히 사료에 따라 정확하게 파악했는데 어찌 이런 오류가 나온 거지?"

머리를 흔드는 그의 모습에 메그론이 클클 웃었다.

"고명하신 마법사께서 홀로 상대해 보니 어떻더이까? 쉬운 상대 같소이까?"

"그의 말대로, 강자를 상대로 힘을 합치는 건 부끄러운 일이 아니오. 더군다나 전쟁의 와중이라면 말이지."

가르테인의 권유에 오르샨 테쟈르가 수긍했다.

"사실 이것만으로도 충분하리라 생각했었는데, 에일락 반테스의 실력이 생각 이상이구려. 확실히, 근접전은 한계가 있소. 고위 마법을 쓸 틈을 주지 않으니 방도가 없었소이다. 두 분께 신세를 좀 지리다."

"둘이면 충분하지 않겠소?"

"자존심은 잠시 버려 둡시다."

서로 검을 띄워 놓고 신경전을 벌이던 가르테인이 슬슬 에일락 반테스를 마주했다.

메그론 역시 살기를 보였다. 유형화된 파동과 넘실거리는 핏빛 아우라가 어우러진 심검이 떠올랐다.

[전장에서의 법은 오직 승자의 것일 뿐이지.]

그란디움 발베란이 검명을 토했다. 가르테인의 광검을 마주하고 환혼력이 얼음 지옥으로 만들며 메그론의 아우라와 팽팽하게 부딪쳤다.

네 명의 힘이 충돌하자 충격파가 떵떵 대기를 울렸다. 전쟁의 시작을 알리는 신호탄이었다.

요동치는 마력을 느낀 테살도르의 마법사들이 나섰다.

"마력장을 펼쳐라!"

일천의 마법사 부대가 마력을 인도하자 병사들의 문신이 은은한 빛을 뿜었다.

마법사들도 마력을 끌어들여 네 명의 장수를 억눌렀다. 임의의 결계를 형성하여 광역 살상 기술이랄 수 있는 초인들의 공격이 확산하는 것을 막기 위함이었다.

하지만 이들이 미처 예상치 못한 것은 에일락 반테스의 마력이 이계로부터 끝없이 제공된다는 점이었다.

고갈을 우려하여 마력 사용에 완급을 조절하는 것이 보통이었는데, 세 명의 강자를 상대로 에일락 반테스는 광역기술을 거듭 사용하고 있었다.

그 탓에 결계를 펼친 뒤 군단에 합류하려고 했던 마법사 부대가 꼼짝없이 결계 유지에만 매달리는 결과가 초래됐다. 가장 심각한 문제는 그조차도 점차 버거워지고 있다는 사실이었다.

장군 대전으로 시작하여 군단의 승패로 전쟁의 상방이 결정되었어야 하는데, 그 축이 초인들에게 딱 묶인 상태였다.

사라진 용광검과 그란디움 발베란이 충돌했다. 검극과 검극이 맞닿아 기 싸움을 벌이는가 싶더니 동시에 튕겼다.

검이 핑그르르 회전하자 광검이 대기를 횡으로 갈랐다.

빛무리를 남긴 두 개의 검은 수십 개의 검영으로 분열하여 일시에 2차 충돌을 벌였다. 서로 다른 빛의 검이지만 보이는 변화는 놀랍도록 똑같았다.

[역시, 나의 검을 익혔군.]

"입증된 강자의 길을 따라 걸었을 뿐이오. 한데, 그

대를 능가했노라 자신했었지만, 자만이었던 듯싶군. 하나, 오히려 나는 기껍소. 내 기대보다 훨씬 뛰어나서 참으로 즐겁소이다."

세월을 격하고 만난 스승과 제자인 셈이었다. 가르테인은 그림자만 쫓던 목표와 직접 검을 마주하고 실력을 겨룬다는 사실에 크게 고무되어 있었다.

목숨이 오가는 격전이지만 점점 흥이 돋았고 무아지경에 접어들었다.

이는 다른 두 강자 역시 마찬가지였다.

"과연 내 마법이 그대에게 얼마만큼 닿을지 보겠다."

오르샨 테쟈르는 넉넉한 소매에서 새로운 떡갈나무 지팡이를 꺼내 쥐었다.

뒤이어 거리를 넓힌 뒤 형형색색의 마력을 일으키며 주문을 읊조렸다.

"사계의 하늘로 창생과 파멸을 부르노니, 파괴의 륜이여. 지고의 인도자여! 대적자를 섭리로 인도하라."

사색(四色)의 전광이 순백과 칠흑 같은 어둠에 물들었다.

중심은 고요하나 주위는 흑백의 띠가 흐르고 외부로는 네 가지 색의 벼락이 바퀴를 돌렸다.

말은 곧 약속되었고 구체화한 의지로서 이적을 행사하였다. 부정한 존재를 본래의 세상으로 돌리는 창생의 빛이었다.

심령을 울리는 웅대한 마법임에도 이를 그냥 둘 수밖에 없는 것은 가르테인의 어검이 위력적이었고 메그론의 철벽이 저들을 보호하는 탓이었다.

하나, 맥 놓고 당할 수만은 없는 노릇이다.

거력을 품고 회전해 오는 힘에 에일락 반테스가 오른손을 당겼다. 응어리진 환혼력이 얼음의 창을 이루고 내던지니 나선으로 회전했다.

뒤이어 거머쥔 주먹을 연거푸 내리지르니 나선참과 일점집중의 권이 오르샨 테쟈르의 마법을 마주하였다.

환혼장벽을 응용한 권격에 파괴의 륜이 역회전에 걸렸다.

중심을 파고드는 일점집중의 권에 조화가 깨진 것. 살얼음판에 균열이 가듯 쩍쩍 갈라진 마법이 무자비하게 터졌다.

용암처럼 들끓는 것은 증기였다. 오르샨은 팔과 지팡이로 원을 만들었다.

하나는 전면에, 또 하나는 에일락 반테스의 뒤에. 곧

전면의 증기가 뒤편의 문으로 터지며 양쪽에서 적을 휘감았다.

'위험하다.'

몸을 돌려 뜨거운 증기에 양손을 펼쳤다. 뒤따라서 그의 백색 갑옷이 심장 뛰듯 고동치고 환혼력을 증폭시켰다.

강화된 환혼력에 대수인과 쇼크웨이브를 더한 장력이 양편의 문을 밀어붙였다. 이윽고 두 개의 문 내부에서 격한 충돌을 일으켰다.

"커헉!"

문이 쪼개지자 역류한 마력이 내상을 입혔다. 오르샨 테쟈르는 왈칵 피를 토하며 물러섰다.

그 순간, 메그론이 땅을 박찼다. 껍질을 벗듯 단번에 육신의 허물을 벗은 그는 철벽의 방패를 탄 채 어검비행을 펼치듯 날아들어서는 에일락 반테스를 들이받았다.

강건한 육체가 삐걱일 만큼 가공할 몸통박치기였다. 이후 밀착 상태에서 펼친 그의 심검이 에일락 반테스를 정수리부터 아래로 관통했다.

"내 비장의 기술을 보여 주마."

그의 아우라가 유형화되었다. 핏빛 수라가 여섯 개의 팔을 움직이고 광기의 심검이 에일락 반테스를 난도질했다.

그를 학살자로 불리게 공격형 철벽의 모습이었다.

"끝났군."

관통한 검의 흐름에 메그론이 자신했다. 그리고 처참하게 썰렸어야 할 에일락 반테스가 낮은 어조로 대답했다.

[천만에.]

그가 놀라며 황급히 몸을 뺐다. 옅게 떨리는가 싶던 에일락 반테스의 어깨로부터 거산격이 작렬한 탓이었다.

그의 펠마돈인 철벽이 요동칠 만큼 위력적인 기술이 거산격이었다. 에일락 반테스와 메그론 사이에서 투로가 얽혔다.

"물러서게!"

서로의 검과 방패가 과격하게 들이받는 사이로 가르테인의 용광검이 에일락 반테스의 뒤를 요격했다. 정확하게 두두의 땅 구름으로 기습공격을 하려는 타이밍이었다.

'쉽지 않구나.'

성큼성큼 다가가던 그로서는 다시금 물러서서 어검술을 대응했다. 셋이 모이니 에일락 반테스의 장기 하나씩이 꽉 붙들린 상태였다.

결국, 기댈 것은 지치지 않는 언데드 특유의 체력인 듯했다.

누구 하나라도 실수하면, 바로 저세상에 가는 것이다.

그 실낱같은 빈틈을 기다리기로 했다.

"믿을 수 없군. 분명히 베었는데?"

"죽음을 살의로 베어 봐야 무용할 뿐이오. 게다가 언데드라 잘라 봐야 소용이 없소. 절단하기보다는 파괴해야 하오."

내상을 수습한 오르샨의 말에 메그론이 이를 갈았다. 그즈음 공중에서 그란디움 발베란의 검혼과 검식을 겨루던 가르테인이 손으로 검을 거머쥐었다.

에일락 반테스 역시 제대로 된 한 수를 나누고자 검을 손에 들었다.

"파산검(破山劍)!"

[발테리아스.]

산을 두 쪽 낼 것 같은 광검에 그란디움 발베란 역시 에일락 반테스의 검에 돌아왔다.

단절해 오는 참격에 거대한 기둥이 맞섰다. 그 순간, 테살도르의 마법사들이 펼친 결계가 와장창 깨져 버렸다.

오싹함에 일제히 털이 곤두섰다. 몸이 비명을 질렀다.

"피해라!"

"물러서! 개죽음당한다!"

양 진영의 부장들이 반사적으로 몸을 뒤로 튕겼다.

하지만 뒤늦은 외침이다. 우레와도 같은 충격파가 터져 나간 것이 더 빨랐다.

예리한 검파와 후끈한 화염이 삽시간에 대기를 불태웠다. 발원지는 매끈하게 녹았고 여파만으로도 피부가 녹아내렸다.

"사제! 치료사를 불러!"

"본대는 1진과 4진에 합류한다!"

양측의 군대가 물러섰다. 그러고도 2차 충격파가 다시금 대기를 떨게 한다.

여파에 불과한 검력에 병사들의 몸이 썰렸다. 드센 폭발이 저들의 몸을 가랑잎처럼 날려 버리기도 했다.

"젠장, 저게 말이나 되는 건가?"

"대단하다고 듣긴 했지만, 이 정도는 아니었다고!"

제국 정예를 자랑하는 그들이 고작 여파에도 휘청거렸다.

테살도르의 마법사는 물론 메그론의 용병들 역시 군진을 유지하는 것에만도 버거울 지경이다.

사실 초인들 간의 대규모 마법이 위력적인 것은 맞았다. 하지만 지금 목도하고 있는 격돌처럼 가공할 정도는 아니었다.

만약 모든 초인의 파괴력이 다 저들과 같았다면 막대한 물자를 들여 병력을 양성할 이유가 없었으리라. 제대로 키운 초인 하나만으로도 나라는 너끈히 뒤집었을 테니까.

일인군단, 일인군단 말은 하지만 개인이 국력에 해당할 수는 없었다. 군집 된 마력과 수적 우위에는 모름지기 지치게 마련이라 그러했다.

한데, 언데드와 끝없는 마력 탓에 에일락 반테스는 데스 나이트의 새로운 역사를 몸소 쓰는 셈이었다.

그때 파산검과 발테리아스가 충돌했다. 결계의 마력장이 산산이 부서지는 순간이었다.

한창 영상을 담던 마법사들의 수정구 역시 충격파에

모조리 깨져 버렸다.

귀에 이명이 발생하고 피가 흘렀다. 메슥거리는지 구역질을 하는 이부터 코피를 쏟아 내는 이가 속출했다. 가장 큰 타격은 결계를 유지하던 마법사들에게 있었다.

일부는 즉사했고 사지를 벌벌 떨며 쓰러져 정신을 차리지 못하는 이가 태반이었다.

반면 스켈레톤 군단은 부서지든 말든 전진에 전진을 거듭했다.

장수들의 싸움으로 일부 부대가 파손을 당하는 것쯤은 이들에게 전혀 관계가 없었다.

장군 대전으로 붙들린 에일락 반테스 대신 군단을 지휘 중이던 실란에게 지금은 분명한 기회였다.

지휘 스킬을 사용한 그가 전방 스켈레톤 부대들에게 가혹한 지휘를 적용했다. 폭탄을 심은 듯 스켈레톤들의 뼈가 붉게 달아올랐다.

"뭐 하고 있는 거야? 적들이 움직이잖아! 거기, 칼잽이들은 뒤로 빠지고 전위부대 앞으로! 하여간 안에서 공부만 한 것들은 이렇다니까."

디엔나의 뾰족한 외침 이후 토이가 얼른 말을 이었다.

"검문의 제자 분들은 붉은 스켈레톤을 요격하시고 의

식을 차린 마법사 분들은 전위 부대에 항마력 강화를 걸어 주십시오. 우리는 마녀를 요격하겠습니다."

"너 정말 이럴 거야? 전쟁에선 나서는 놈이 제일 먼저 골로 가잖아."

"잔말 말고 빨리 움직여! 유사시엔 아버지가 내 지시에 따르라고 했던 거 기억 안 나?"

토이의 다그침에 디엔나가 짜증을 확 내며 용병들을 이끌었다.

토이 역시 보호 마법을 걸고 독립적으로 움직이자 뒤늦게 가르테인의 제자들을 비롯한 제국의 병사들과 테살도르의 마법사들이 정신을 차렸다.

한낱 용병이 능수능란하게 대처하는데 정예랄 수 있는 자신들이 허둥지둥 댔던 것이다.

이는 훈련이 부족해서가 아니었다.

그만큼 가르테인과 오르샨 테쟈르의 능력을 자신했었고 저런 초인 세 명을 상대로 한 치의 물러섬도 없는 에일락 반테스를 보며 경악했던 탓이었다.

반면 일찍이 비바이넨에서 메그론에게 굴욕을 안겨줬던 에일락 반테스를 용병들은 익히 경험했다.

지금의 상황이 결코 놀랍지 않았다.

"빌어먹을. 미천한 것들이 감히!"

한낱 용병 나부랭이들은 마력장과 마법사 총 전력의 결계가 깨어지는 것이 얼마만큼 충격적인지 모르고 자신들은 그 의미를 잘 알았다.

그것이 상황 대처를 미숙하게 만들고 말았다. 엘리트 중의 엘리트인 저들이 상한 자존심 탓에 이를 악물었다.

"실란 미세란스, 저 마녀는 우리가 처리하겠다."

현장 지휘관이 방패 부대를 나서게 했다. 사각의 방패를 세워 하중을 밑에 두고 견고하게 버텼다.

2인 1조가 되어 막아선 대형 방패가 붉은 스켈레톤들에게 떠밀리자 전위부대의 문신술이 활성화됐다. 곰의 문신에 이어 들소의 환영이 어른거렸다.

"진군! 진군하라!"

굳건하게 서서 와락 밀치자 진공파가 동시다발적인 벽을 형성했다. 실란의 지휘를 받는다손 쳐도 스켈레톤들은 내구력이 원체 미약한 바, 과자처럼 부서져 버렸다.

하나, 이쯤은 알고 있었다.

그녀는 거듭 전진시키며 메뚜기처럼 뛰게 하였고 위

에서, 정면에서, 측면에서 모조리 폭발시켰다.

쐐기 형태로 치닫는 적들의 기세는 실로 파죽지세였다. 실란은 저들의 공격이 자신을 향하고 있자 일부러 길을 내어주며 군단 내부로 적들을 이끌었다. 물러났다가 뱀처럼 옥죄며 사방에서의 포위하는 군진이었다.

이를 본 마그레트 요새의 문이 열렸다. 고군분투하는 저들을 돕고자 고립됐던 그들이 함께했다.

"북을 쳐라! 함성을 질러라!"

성벽의 고수(鼓手)가 북을 쳤다. 적 언데드 십만에 대항하는 제국 연합군은 8만.

수는 부족했으나 용병과 분과별 정예병, 사제에서 마법사에 이르기까지 두루 갖춰진 이들이었다.

다만 사제들은 신성력 발휘를 자제하고 있었다. 멜도란의 참사를 통해 에일락 반테스가 신성력을 오히려 이용할 수 있음이 파악된 탓이었다.

"제국을 위해! 폐하를 위해!"

"뮤테르께 광명을!"

"우아아아!"

중심부를 비워 둔 좌익과 우익의 날개가 더욱 두꺼워졌다.

가르테인의 제자들이 검결지를 쥐었다. 마법을 쓰듯 검지와 중지를 뻗은 채 가슴 어림에 두자 열 자루의 검이 진동했다. 그리고 비상하는 매처럼 살아 움직였다.

엘마디온식 비검술을 토대로 가르테인이 창안한 비검술이었다.

폭우처럼 쏟아지고 새처럼 날아드는 검의 물결이 스켈레톤들의 두개골들을 간단히 부숴다.

"오라! [질주하는 전광]이여! 대적자의 심장을 꿰뚫을지라."

테살도르의 일천 마법사 부대 역시 마법을 사용했다. 전광의 마포를 비롯한 마법이 버글거리는 스켈레톤들을 뭉텅뭉텅 날렸다.

"거 귀족 돼서 편히 살기 더럽게 어렵네."

"이러면 우린 슬슬 적당히 나서는 맞지?"

처음 가장 먼저 독려하고 옥쇄할 것 같았던 용병들이 적당히 안전제일로 움직임을 바꾸었다. 전열 유지에 치중한 약삭빠른 움직임이었다.

"그래, 그 정도는 해야 제국이지. 이대로 밀렸으면 정말 서운할 뻔했어."

실란은 적의 면면을 보았다. 강력한 듯 보이나 적들에게도 틈은 있었다. 장기전을 생각하지 않는 과도한 화력을 단시간에 쏟아 내는 것이 문제였다. 밸런스 조절의 실패이며 이는 진두지휘할 사령관의 부재로부터 시작했다.

초인 세 명이 붙들리자 각기 자존심과 경쟁 심리로 무차별 폭격을 가하는 거였다. 비록 압도적으로 보일 수 있으나 오래가지 못하는 소나기에 불과했다.

그녀가 할 일은 간단했다. 불협화음의 간격을 넓히고 금 간 제방에 구멍을 뚫는다.

이 사실을 눈치채지 못하고 전쟁의 흥분에 휩쓸려 적의 진을 다 빼어 놓는 것. 자존심을 자극하여 후퇴하자는 말이 나오지 않게 하는 거였다. 여기엔 디엔나라는 한 성격 하는 저 용병이 제격이다.

"너흰 쉽고."

스켈레톤 부대가 용병들의 손에 잘도 부서졌다. 수확하는 농부의 낫질처럼 가져다 대면 우수수 썰렸다.

성에서 바위가 날아오면 여기에 압살당하고 야수 같은 용병들에게 해체되어 붙잡힌 잠자리처럼 바들바들거리게 해 주었다.

"너흰 고단하게."

착착 돌아가는 군진과 마법사들의 마법에는 부대를 정밀하게 운영하여 대응했다.

부족한 자원인 기사 급의 병력도 아낌없이 투입하고 가혹한 지휘로 자폭성 공격을 불규칙적으로 사용했다.

후위의 스켈레톤 나이트가 다른 병사를 들고 던지며 때론 자신의 팔에 덕지덕지 붙여선 괴력을 발휘하게도 하였다.

이들이 전위 조로 적의 진격을 막는 사이 침투조 역시 활동했다. 어린아이의 뼈들은 땅강아지처럼 파고들어 가서는 적의 발밑에서 발목을 쥐고 이빨로 깨물었다. 군화에 짓밟히면 지뢰처럼 폭발하기까지 했다.

감정은 유한한 자원이었다. 몸이 피로하고 열기가 식으면 그때부터 사기(士氣)는 걷잡을 수 없이 추락할 터다. 실란은 그 시간은 단축하고자 거듭 장군들의 대전 쪽으로 전선을 이끌었다.

여파만으로도 주위에 막대한 손해를 끼치는 탓에 적들에게 죽은 병사들보다 저들에게 부서진 병사가 더욱 많은 판이었다. 그래도 자리를 고수했다.

각자가 추대하는 영웅들이 총사령관 하나를 압도하지

못하는 걸 인식시켜야 했다.

“[열화의 강혼].”

사용할 수 있는 무기의 제약. 저들의 약점. 언데드로서의 강함.

이를 고려하여 세 개의 마석을 꺼냈다. 엑탈렘 채찍으로 백골 기사 셋의 두개골을 꿰뚫었다.

그 자리에 증식의 마석을 박아 넣으니 백골 기사들은 필드의 보스 몬스터가 되었다. 비명의 지구라트와 진실의 대지, 고통의 감옥. 세 곳의 사냥터에서 무한 생성되던 이들이었다.

—흐흐. 실험체가 넘치는구나.

텅 빈 두 눈으로 푸른 마력을 일렁이는 리치. 영생불멸을 연구하다가 실험체의 폭주로 사망한 마법사였다.

여행자 용의 필드형 보스 몬스터로서 특이하게도 그에게 붙잡히면 50%는 사망하고, 40%는 폭주하며, 10%는 능력치가 강화되었다.

딱히 지휘할 필요가 없이 살아 있는 자들을 목표로 삼기에 마냥 풀어놓으면 되었다.

—인간! 이 배덕의 무리 같으니!

암갈색의 바위 같은 피부와 황금색 아이언 너클을 낀

외는 거인이 분노했다.

약속을 중요시하는 용과 의리 있는 거인들의 전설이 그러하듯 이 보스 몬스터 역시 인간의 간교한 꾀에 빠져 자신의 보물을 잃고 눈을 빼앗긴 뒤 힘줄이 끊어졌다는 설화를 모태로 했다.

인간에 대한 적개심으로 중무장했기에 그 역시도 대번에 껑충 뛰어 적진 한가운데 낙하했다.

두 주먹을 내려치는 스킬에 지면이 파도처럼 출렁이며 저들의 전열을 흐트러뜨렸다.

—아저씨…… 아파요…… 아아…….

마지막은 귀기에 물든 영혼이었다. 고문받아 두 눈이 뽑힌 소녀의 망령이 피눈물을 흘렸다. 그녀의 죄는 오직 아름다웠다는 것뿐이 없었다. 그것이 저주였다.

아버지가 탐했고 오라비가 욕망했으며 마을의 모든 남성이 음탕한 눈으로 그녀를 보았다. 여인들은 시샘하고 경멸하였다.

아무것도 하지 않았지만 그렇게 매도당했던 여인은 영주에게 끌려갔고 그곳에서 영주 부인의 의해 사망했다. 그녀의 원한은 모든 남성과 질투하는 여인들을 향했다.

갈등과 분란을 일으키는 특수 스킬에 남자의 정기를 빼앗고 여자의 얼굴 가죽을 도려내기를 즐겼다.

실란은 리치와 외눈 거인과 달리 소녀를 통제하였다. 실질 무력이 약한 그녀가 정예병사들 사이에 들어갔다간 별다른 활약을 할 수 없다.

그렇기에 마그레트 요새로 보내어 성벽의 궁수들과 예비 병력들. 나아가 승리를 기도하는 모든 이들을 교란시키게 했다.

리치의 지팡이가 허공을 찍었다. 외눈 거인이 너클을 맞부딪치고 소녀의 망령은 비명을 질렀다.

치솟는 마력 실드와 충격파, 음파가 울려 퍼지는 중심에는 세 명을 상대로 위용을 자랑하는 언데드 총사령관이 존재했다.

"어디서 이런 변종이! 저것들부터 막아!"

"아니, 저년이 문제다. 지휘관을 끝내야 해!"

"누가 그걸 모르는 줄 아느냐! 잘난 네놈이 해 봐라."

새로운 몬스터들을 만들어 낸 실란에게 공격이 집중됐다.

엑탈렘 갑주를 입은 백골마 위의 그녀는 망설임 없이 뒤로 물러섰다. 그사이 혼란의 와중에 성벽을 타고 오른 소녀의 망령이 북 치는 병사들을 잠식하였다.

간혹 실란이 군단 밖으로 나와 저들의 이목을 집중시키고 감당할 때가 더러 있었다. 엑탈렘 갑주가 찌그러지고 채찍이 토막 날 정도로 고생했는데, 그 까닭은 세 보스 몬스터가 증식할 때가 되어서였다.

울룩불룩하게 몸이 요동치더니 세포 분열하듯 나뉘고 저들이 광소를 터뜨렸다.

—나와 보니 내가 또 있다? 흐흐.

—실험체가 넘치는군. 나랑 똑같은 놈도 있고. 마음에 들지는 않지만, 우선 저것들이 더 많으니까.

—넌 이따가 끝내 주마. 도플갱어 같아서 실험하는 맛이 나겠어.

—흐흐. 같은 생각이다.

리치가 걸고 있던 해골 목걸이 하나에서 팔과 다리가 쑥 나오더니 뚝 떨어져서는 따로 움직였다. 서로 보고 적개심을 불태우던 그들은 사방에서 공격해 오는 군대를 보고는 힘을 합쳐서 대항했다.

생존의 본능과 적개심은 같은 크기였으나, 이 균형에 작은 추가 더해졌으니 바로 실험체에 대한 이들의 욕구였다.

—몸이! 내 몸이 불타고 있다!

암령족의 전신이라고 불리는 땅의 거인 무슈. 인간을 위해 금광을 드나들게 해 주었지만, 황금을 탐한 그들에게 노예로 전락한 거인 몬스터는 갈비뼈를 뜯어냈다.

묘목처럼 땅에 박힌 갈비뼈로 병사들의 칼과 갑옷이 반응하더니 자석에 붙는 금속 조각처럼 달박달박 하게 들러붙었다.

시체는 외려 상황이 좋았다. 산 채로 거인의 몸 일부가 된 이들은 그대로 함몰되어 비명마저 삼켜졌다.

뼈마디에서 돋아난 무슈는 대번에 자신의 모체를 후려갈기며 싸움을 걸었다. 자기혐오였다.

한 대 맞은 기존의 무슈가 옆구리를 움켜쥔 채 노려보았다.

그러다 분노한 제국군으로부터 뒤통수를 맞고는 눈이 뒤집혔다.

—인간! 이 배덕의 무리가 감히!

—복수하는 것이 먼저다! 저놈들이 어머니의 황금을 가져갔어!

—죽어라, 죽어!

둘의 아이언 너클이 종횡무진으로 움직였다. 가공할

맷집과 항마력으로 무장한 거인들이 연신 땅을 울리며 진동으로 마력을 뒤흔들었다.

—가자. 같이 가자.

소녀의 망령은 별다른 불협화음이 없었다.

하나의 몸에서 둘로 갈린 뒤 서로 애잔하게 보았다. 그리고 눈물을 주르륵 흘리고는 보듬어 안았다. 이후 더욱 또렷하고 짙은 귀곡성을 흘리며 마그레트 전역을 흐느끼게 했다.

평상시였으면 내부의 신전과 사제들이 상대하고 성물들이 반응했을 테지만, 지금은 주력이 바깥에 있었고 연신 울리는 비명과 격전의 포화 탓에 심령이 뒤흔들린 상태였다.

내외의 흔들림과 더불어 공고하지 못한 이들의 믿음은 결국 흐느끼는 소녀의 망령에 동화되어 희망을 잃어 갔다.

전장의 열기와 병사들의 사기가 점점 줄어 갔다.

심장 고동과도 같은 북소리가 언제부턴가 들리지 않았다. 그리고 부딪치는 창칼과 비명은 오직 아군의 것이며, 언데드들은 비명조차 없이 부서질 따름이다.

이따금 거인의 흉포한 울음이 울렸으나 괴물의 울부

짖음은 축축 처지는 어깨를 더 을씨년스럽게 만들었다.

호전적이던 투쟁 욕구 대신 발악에 가까운 처절함이 지배했다.

물먹은 솜처럼 심신이 고단하니 칼끝이 무뎌지고 목소리가 점차 갈라졌다.

이때부터 실란은 굳혔던 방어를 풀고 진격시켰다.

"모체를 죽여라! 아니, 부숴 버려!"

"지금 죽이지 않으면 계속 늘어날 거다. 무슨 수를 써서라도 지금 죽여라!"

가장 먼저 외눈의 거인이 사냥당했다.

거대한 몸은 그 자체로 강력한 수단이었지만, 수만 단위의 병력에게 둘러싸였을 때는 노리기 쉬운 표적지임에 분명했다.

특유의 항마력과 맷집으로 버텼으나 몸을 추스르고 합류하기 시작한 마법사들의 공격에는 역부족이었다.

여기에 에일락 반테스를 염두에 두고 사제들이 아껴뒀던 신성마법이 본격적으로 쓰이기 시작했다.

지휘 계통이 바로 서지 못하여 무분별하게 난사한 것인데, 우려와 달리 언데드들은 별다른 면역이 없었다.

특이한 힘은 오직 에일락 반테스만의 것이라는 사실

이 이들에게 전해졌다.

—배덕자들을 다 죽이지 못하다니.

—원통하구나.

외눈 거인의 머리가 뎅겅 잘렸다. 육중한 몸으로부터 세 번째의 증식이 이루어지려는 찰나 사제들의 신성력이 증식의 마석을 억제했다.

폭포수처럼 퍼붓는 순백의 빛에 융켈의 힘이 깃든 증식의 마석이 이내 폭발해 버렸다.

“핵을 부숴야 한다!”

“머리! 두개골 속에 있다!”

리치가 잡히는 데는 제법 시간이 걸렸다.

실란의 언데드 군단을 때때로 자신들이 운용하는 데다가 이따금 적들에게 강화의 마법을 사용한 탓이었다.

특수 스킬의 위력에 즉사하고 광분하여 날뛰는 이들이 속출했다. 문제는 드문 확률을 꿰뚫고 능력치 강화에 성공한 개체가 나타났을 때였다.

—하필 이게 지금 되다니.

—내 실험이 성공했구나! 그런데 죽게 생겼군.

추격해 오던 제국 기사의 검에서 맹렬한 기운이 터져 나왔다.

삽시간에 마력 실드를 베어 넘긴 검력이 이들의 몸을 두 동강 냈다. 쪼개진 머리에서 증식의 마석이 빠져나온 뒤 뮤테르의 사제들이 부수는 것은 당연한 순서였다.

대신 소녀의 망령은 잡히지 않았다. 강력한 마법도, 강대한 힘도 보이지 않았던 데다가 전장의 소음에 그녀의 흐느낌이 묻힌 덕분이었다.

실란의 노림수대로 용광로처럼 들끓었던 저들의 사기가 이내 극점을 찍고 곤두박질쳤다.

늪에 빠진 듯 저들의 움직임이 서서히 느려지고 무뎌져 갔다.

고고하게 서 있는 총사령관과 달리 세 장수는 지친 기색이었다. 가르테인의 검에 어린 빛이 처음에 비하여 흐려졌다.

영롱한 색채는 그대로였으나 밝기가 이전만 못 했다.

"저 정도면 언데드도 할 만한 거 같은데. 체력에, 정신력이 무한이로군."

지옥의 수라처럼 근접전으로 에일락 반테스를 몰아붙이던 메그론은 수라의 여섯 팔을 거두어 철벽으로 바꾸었다.

방어를 단단히 굳힌 채 돌아온 그는 거친 숨을 몰아 쉬며 오르샨 테자르에게 물었다.

"고명하신 마법사께 물어보지. 어째서 저놈은 마력이 끝도 없는 건가? 체력이나 정신력이라면 내 이해하지만, 대기에 마력이 포화상태일 만큼 무한정 쏟아 낸다니!"

그 덕분에 자신들 역시 궁극기랄 수 있는 절기를 연신 사용할 수 있었다.

급격하게 마력을 사용하면 공동(空洞) 현상이 일어나는 것이 일반적인데 에일락 반테스는 전장 전체의 마력량을 끌어 올릴 만큼 퍼붓고 있었다.

마법사들에겐 꿈같은 상태였다.

숨만 쉬어도 마력이 충만하게 몸을 돌고 어떤 고위급 주문이라도 수월하게 쓸 수 있을 정도다.

게다가 어찌나 순한 마력인지 다루기도 수월했다. 문제는 점차 지쳐 간다는 사실이었다.

아무리 마르지 않는다손 쳐도 정신력과 체력엔 한계가 있었다. 이만큼 고등한 수법을 연신 주고받는다면 그 소모도는 더욱 컸다.

"이계로부터 이끌어 온 것이 분명하오. 성질과 형질

이 이 세상의 것이 아니외다."

"방법이 뭐지? 이대로는 우리가 말라죽는다. 반대로 저 괴물을 처리할 수가 없지."

세 명의 합공. 빈틈은 그간 여러 차례 있었다. 그러나 어찌나 두텁게 마력으로 겹겹이 감쌌는지 이를 부수고 관통하는 데도 적잖은 시간이 걸렸다.

더군다나 계속하여 수복하는 몸이니 마력을 끊어 버리는 작업이 반드시 수반되어야 했다.

"좌표는 저자의 손에 있소. 잘라 내면 되지."

"손이라! 말은 정말 쉽군!"

고양이 목에 방울을 달면 됐다. 요는 누가 다느냐, 달 수 있느냐다.

[이 나를 상대로 대화할 여유가 있단 말인가? 후배들의 배짱이 좋군그래.]

저들이 쉴 틈을 줄 에일락 반테스가 아니었다. 재차 도발하며 강공을 날렸다.

1차로 메그론의 철벽이 막아섰고 그의 펠마돈답게 과연 부서지지 않고 버텨 냈다.

그러나 중력으로 교란하며 마력 총량과 발테리아스의 질량으로 밀어붙이니 뒤로 떠밀리는 건 어쩔 수 없었다.

이대로 결투의 장이 뒤로 이동하면 아군 병사들이 휩쓸린다. 가르테인과 오르샨 테쟈르은 어쩔 수 없이 다시금 에일락 반테스의 측면을 노렸다.

재차 장수들이 크게 충돌했다. 뇌성벽력이 일더니만 내부에서 퍼져 나오는 에일락 반테스의 환혼력이 저들을 얼렸다.

발테리아스가 부서지며 얼음 조각이 기온을 삽시간에 떨어뜨렸다.

그 추위에 몸의 반응이 잠시 느려졌던 사이 에일락 반테스의 검이 메그론을 두 동강 낼 기세로 날아들었다.

그리고 예의 경계하고 있던 가르테인의 어검술이 에일락 반테스를 관통했다. 그의 몸이 덜컥 멈췄다.

정수리에 작은 원이 나타나더니 뻥 뚫려서는 뒤편까지 훤히 보였다.

그러나 잠시 후 언제 그랬냐는 듯 폭발적인 마력이 용솟음치며 꿰뚫린 자국이 그대로 아물었다.

“불멸의 에일락 반테스가 불사의 언데드가 되니 진실로 두렵구나!”

찰나간 멈췄던 틈에 메그론이 철벽으로 광검을 막았

다. 오르샤 테쟈르의 십자포화가 에일락 반테스의 옆구리를 그대로 우그러뜨렸다.

그러나 이는 멈칫하는 틈도 없이 들어가기 무섭게 복구되었다.

“질리는군! 썩을!”

와락 욕설을 내뱉은 메그론의 방패가 순식간에 성문의 크기로 확장했다. 그 겨를에 훌쩍 밀린 에일락 반테스와 저들이 다시금 대치했다.

“한 명을 상대로 이런 지경에 이를 줄이야.”

헛헛한 탄식 이후 가르테인은 용광검을 겨누고 호흡을 조절했다.

메그론의 핏빛 수라는 크기가 줄었으며 지팡이를 잃은 오르샤은 체모마저 뭉텅 잘렸다.

반면, 에일락 반테스는 처음과 같았다. 갑옷의 흠집까지 원상 복구된다.

말하지 않아도 공감하였다. 이대론 말라죽어 갈 따름이니 승부수를 띄워야 했다.

[지쳐 가는 그대들의 모습이 실로 애처롭군. 그대들이 오늘 패하는 이유는 인간이라는 종의 한계일 뿐이다. 그리고 이는 나의 권속이 되면 얼마든지 극복할 수 있지.]

언데드로 부리겠다는 뜻이었다.

그러나 죽은 혼이 응답하지 않는다면 제아무리 초인의 육신이라 할지라도 제법 단단한 좀비이며 스켈레톤에 지나지 않았다.

"저열한 제안 따위는 사양하리다. 사제 따위에 녹아나는 몸을 누가 반기겠소?"

[짐작하고 있으면서도 부정하는군. 신성력은 나의 시대를 시작으로 사라질 것이다. 이렇게 말이지.]

에일락 반테스는 즉시 손을 뻗어 병사들 틈의 한 사제를 잡아들였다.

찰나간 검혼의 속도로 꼬치 꿰듯 인간을 꿰어 온 뒤 그의 주머니에서 성수를 꺼냈다.

뚜껑을 열어 손에 부었다. 언데드에 닿은 성수가 그의 몸에서 더 선명한 환혼력을 뿜게 하였다.

에일락 반테스는 서서히 죽어 가는 사제에게 말했다.

[그대의 신이 구원해 줄 것이라 믿나?]

"내 비록 믿음이 부족하여 이리 가지만 순교자의 영혼은 뮤테르께서 축복하신다!"

죽음 이후 완전한 평화가 보장되어 있다는 교리였다. 에일락 반테스는 애써 부정하지 않았다.

[좋은 믿음이다. 한데, 그대의 영혼이 저 멀리 있는 나태한 신에게 도달하리라 보는가?]

바들바들 떠는 이에게 속삭이듯 말하며 가슴을 갈라 버렸다. 성수 묻은 손이 피부와 근육을 비집고 뼈를 좌우로 활짝 열었다.

산 채로 해부되었다.

[내세를 기원하는 이들에게 현생은 무욕하니, 그대들 역시 바라던 곳에 머무르라. 신께서 그대의 순교를 기뻐 반기시리라.]

가슴을 열고 심장을 뽑아냈다. 덜덜 떨던 사제는 자신의 심장이 들린 것을 보고 졸도했다.

그 이후 에일락 반테스가 기이한 행동을 했다. 눈을 반개한 채 사제의 위쪽에 손을 휘저은 것이다.

[이런. 뮤테르보다 내가 먼저 잡아 버렸군? 어찌한다.]

고민하는 척하더니 다시금 죽은 육신에 넣어 주었다. 그러자 심장은 위에 들려서 따로 있는 상태로 사제가 눈을 부릅떴다.

"왜…… 왜 안 죽는 거지? 사, 산 건가? 죽은 건가?"

[축하한다. 죽음 이후를 보고 돌아왔군. 사후 세계는 어떻던가? 그 깨달음을 홀로 간직해선 곤란하겠지? 그대의 형제자매들에게 알려야 바른 순례자일 테니까. 자, 얼마든지 말할 시간을 주겠다.]

그가 와들와들 떨었다. 지독한 공포에 몸서리치던 사제의 기도는 희생의 성구였다.

참전 이전에 에일락 반테스에게는 결단코 쓰지 말라고 강조했던 신성한 빛이 번뜩였다. 성스러운 그 힘을 에일락 반테스가 모조리 빨아들였다.

그러며 지켜보는 군중은 사제의 영혼이 강렬한 빛으로 화하며 말라 비틀어져 가는 모습을 환상처럼 보았다.

놀랍게도 숭고한 자기희생은 영혼을 소멸시키며 일으키는 이적에 불과했던 것이다.

소녀의 흐느낌과 함께 똑똑히 본 광경이 인간들의 마음을 거세게 흔들었다.

신앙에 균열이 가는 순간이었다.

[살아 있는 것은 나약하기 그지없지. 그리 생각하지 않나.]

에일락 반테스는 자기희생을 쓴 사제의 힘으로 다시

금 거대한 발테리아스를 만들었다.

하늘 아래 우뚝 솟은 얼음 기둥으로부터 몸서리쳐지는 한기가 내려앉았다.

실란의 노림수가 빛을 발했다. 감정은 육체의 영향을 받는다.

멈춰 선 몸과 추위, 망령의 울음. 이 세 가지가 뜨거운 피를 식혔다.

고주파의 파동이 고요 속에서 환각을 불러일으켰다. 공포가 극대화되자 용기가 잠잠해졌다.

"사제들은 뭐하는 겁니까. 이 한기를 몰아내야지요!"

"방금 보고도 그런 말은 하는 거요? 빛이 저자를 더 살찌우고 있잖소. 차라리 마법의 불을 피우는 게 좋소이다. 장작 나부랭이라도 붙이면 잘 타겠지."

"애석하오만, 마법은 섬세하고 정밀한 힘이오. 그저 기도만 한다고 제꺽제꺽 이뤄지는 신성력과는 다르외다. 지금까지 얼마를 써 왔는데 또 재촉하는 거요? 잘나 빠진 신성력이 언데드에게 먹히는 걸 그대들의 신에게 묻기나 하시구려."

"뭣이라? 지금 신성모독을 하는 거요?"

"이론적이며, 지당한 접근일 뿐이지."

타인을 탓하며 책임을 돌리는 이들이 속출했다. 그사이 소녀의 망령이 자가 증식을 이루며 더 깊게 흐느꼈다.

점진적으로 강화되는 서글픔이 사람들과 의식을 공유하였다.

해 보면 무엇하느냐는 회의감이 떠오르는 것은 실로 당연한 순서였다.

그즈음 실란이 조용히 열화의 강혼을 사용했다. 붉게 달궈진 일렬의 언데드들이 삽시간에 저들 사이에서 폭발했다.

적들은 일전의 침착하던 방어와 반격과 달리, 이번 공격에는 뒤로 주춤 물러섰다.

몸을 사리느라 급급해서는 전열이 붕괴되는 것에는 미처 신경 쓰지 않았다.

패색이 짙어진 상태였다.

더 버텨 봐야 의미가 없었을뿐더러, 사실 얼마든지 병력을 보충할 수 있는 것이 에일락 반테스이기에 그를 처리하지 못하고 팽팽한 줄다리기를 한 그때부터 이미 지금의 결과는 예견된 것과 마찬가지였다.

그래도 적 군단을 무너뜨리고 실란 미세란스 정도는

처리할 수 있을 줄 알았는데, 거인과 리치를 포함하는 새로운 형태의 언데드들까지 나타나고 그녀의 실력도 출중하여 처리하지 못했다.

패배였다.

"보통이라면 독전관에게 물러서는 자의 목을 치라고 했겠으나 지금은 의미가 없군. 하면, 후퇴하는 일이 남았는데, 쉽사리 놓아줄 리가 없을 터. 최후의 수단으로 그 방법이나마 시험해 보는 게 어떻소? 누가 죽든 훗날 복수는 해 주는 걸로 합시다."

메그론의 말에 가르테인이 검을 쥐었다.

"시선은 내가 끌리다. 그대는 발테리아스를 맡아 주시오."

"막고 바로 합류하지. 오르샨 테자르. 그대는 얼마쯤 시간이 필요하외까?"

"안배를 마쳤으니 5분이면 되오."

시선을 주고받은 세 명에게 막대한 마력이 휘몰아쳤다.

가르테인의 광검이 에일락 반테스를 덮쳤다. 허공을 박찬 메그론의 핏빛 수라가 거대화하여 발테리아스를 움켜쥐었다.

그사이 오르샨이 걸음을 떼었다.

마그레트 요새의 성벽으로 공간 이동했다.

에일락 반테스와 최대한 거리를 벌린 그가 대규모의 마법진을 활성화하였다. 후퇴 준비를 하는 모습이었다.

[쉽게 도망치게 둘 순 없지.]

"천만에. 쉽게 물러날 생각도 없소."

가르테인의 몸과 검이 합쳐졌다. 검을 쥔 손이 비틀어 당겨지니 용광검의 용이 눈을 떴다.

"오룡검(五龍劍)."

국보 급 아티팩트의 힘. 다섯의 선명한 빛의 용이 현현했다.

영롱한 빛이 모여들며 다섯의 용이 어검술로서 의식의 속도로 에일락 반테스를 관통했다. 회심의 한 수였다.

발테리아스를 유지 중이던 그가 검을 거둬들였다. 하나를 막아 냈으나 다른 네 마리의 용이 에일락 반테스의 머리를 씹고 손과 팔을 찢으려 들었다.

머리 절반이 사라졌으나 마력으로 복원했다. 어깨가 끊어져 덜렁거렸으나 환혼력이 혈관 다발처럼 뻗어 나가 다시 팔을 결합했다.

문제인 양쪽 손에서는 용의 이빨과 일그러진 륜이 첨예하게 대립했다.

톱날과 톱날이 서로 갈아 버릴듯 충돌하는 진동에 귀를 절로 막을 정도였다. 그러자 처음으로 에일락 반테스의 몸이 출렁였다.

마치 수면에 돌을 던진 양, 파문이 번져 나가는 모습으로 흔들렸다.

"단순한 이계의 통로가 아니었구나. 핵이었어!"

"손을 끊었어야 했다니!"

가장 은밀한 곳, 제일로 깊은 곳에 보통 핵을 숨기게 마련인데 손이 약점이었을 줄이야. 최고의 정보를 획득했다.

하지만 이를 공략하기엔 피로감이 너무 컸다.

[이제 끝이다.]

섬뜩한 시선으로 에일락 반테스가 풍류보를 밟았다. 그의 몸이 열다섯으로 분화하더니만 일제히 시린 청광검을 휘둘렀다.

셋레인에서 지형을 변화시켰던 빙하의 검류가 해일처럼 이들에게 뻗어 나갔다.

"다들 물러서!"

벼락처럼 내리꽂힌 메그론이 재차 철벽을 내세웠다. 그의 방패는 진명(眞名)이라는 그의 펠마돈처럼 결단코 부서지지 않는 견고한 성벽이다.

그렇기에 부수지 않고 빗겨 가기로 했다. 땅을 구른 발동작에 따라 두두의 땅 구름이 메그론의 몸을 올려쳤다.

여기에 역중력까지 더하여 밀자 중심이 흐트러졌다. 철벽의 방패가 슬쩍 각이 틀어지고 그만큼 검류에 떠밀렸다.

와당탕 소리를 내며 꼴사납게 날아가기까지 했다. 그에게 일점집중의 권을 때려 추가 타격을 입혔다.

전투 초기였다면 능히 대처했을 테지만 심신이 지친 지금은 메그론의 감각도 전만 못했다. 제대로 맞고는 의식을 잃은 채 뻗어 버렸다. 남은 이는 가르테인과 동일 선상에서 마법을 준비 중인 오르샨 테쟈르였다.

"여기서 차이가 나는군."

가르테인이 검을 뻗었다. 둥근 검로로 원을 그렸다.

"이것이 동류의 검을 익혔으나 다르게 도달한 나의 극한이외다."

빛의 속도로 휘두르던 것과 상반된 느린 검이었다.

그러나 그 한 수가 전방에 검벽을 생성하였고 이를 경계로 공간 전체를 유리시켰다. 흡사 오르샨 테자르의 마법 같았다.

가르테인은 대마법에 버금가는 이적은 한 자루의 검으로 이루어 냈다.

두루 걸친 경계는 비밀의 시선으로도 쉽사리 끝이 보이지 않을 만큼 다차원을 넘나들었다.

빙하의 검류마저도 검의 경계 속으로 사라졌다. 다차원으로 각기 나뉘어 흡수되니 제아무리 퍼붓더라도 가르테인의 공간을 어찌하지 못했다.

[내 아류가 아니군. 훌륭한 검도다. 제아무리 나라 한들 우주를 벨 순 없지.]

"난 그대가 내 기억 속의 경쟁자이자 우상이었으면 했소. 지금의 그대는 괴물이니까."

[우상이라?]

"제국 12성가와 초인들이 에일락 반테스, 그대와 같은 이를 상대하고자 만들어졌지. 지나치게 강하여 폐하께 불충한 마음조차 품게 된 이들이었소. 그리고 오늘의 패배로 제국 내부의 알력과 반목은 무효화 될 거외다. 그대를 상대하기 위해서요."

[화가 복이 될는지, 복이 화가 될는지는 더 지켜봐야 하겠지. 명확한 것은 그대들이 나의 악의를 감당할 수 없다면 결과는 멸망뿐이라는 사실이다.]

고정 형태가 발테리아스라면 폭발 분출 형태가 빙하의 검류였다.

대화하면서도 검류의 흐름을 끊지 않는 에일락 반테스 탓에 둘의 싸움은 가르테인이 검벽을 유지하는 정신력에 달리게 됐다.

에일락 반테스의 마력이 한도 끝도 없다는 건 이미 검증된 사실인 탓이다.

어검술에 오룡검, 절대방어를 자신하는 둔검의 검계까지 펼친 가르테인이 찰나간 흔들렸다. 체력과 정신력의 한계로 말미암은 찰나의 부조화였다.

정교하게 이어지던 원형의 검로가 미세하게 이탈하자 검계를 환혼력이 점령했다. 눈송이 같은 얼음이 살포시 가르테인의 어깨에 내려앉았다.

"끝이로군."

[남은 열한 명도 곧 네 곁에 보내 주겠다.]

가르테인이 몸을 비틀며 검을 바꿔 쥐었다. 검광이 그의 우반신을 투과였고 가르테인의 몸 반쪽이 통재로 얼어 버렸다.

그는 그 상태로 왼손만으로 다시금 둔검을 펼쳤다.

반쪽의 검계는 점차 수위가 오르는 제방처럼 빙하의 검류를 완벽히 방어하지 못했다.

넘실거리는 파도가 다시금 당도했다. 얼어붙은 몸으론 피할 수도 없었다.

"내 검은 어땠소?"

[전생과 현생을 통해 내가 본 최고의 검이었다.]

"썩 나쁘지 않은 기분이군."

싸늘하게 얼어붙은 그의 몸이 부서져서 흩날렸다. 이를 본 가르테인의 제자들이 기함하며 검함을 내려놓았다.

"에일락 반테스!"

피로에 지쳐 있던 그의 제자들이 싸우던 것조차 방관하고 검결지를 취했다.

일제히 상자에서 백 자루 이상의 검이 하늘로 치솟았다. 뒤는 생각지도 않은 채 깡그리 비검술을 운용한 것이다.

"스승님의 원수!"

허공으로 치솟은 검으로부터 검명이 일었다. 이는 분

열하여 구름처럼 뒤덮더니 소낙비같이 쏟아졌다.

가르테인의 제자들이 합심하여 펼치는 최후의 스킬인 천검폭(千劍暴)이었다.

'어설프다.'

위력에 치중한 검문 제자들의 필살기였다. 그는 쾌속하게 횡으로 그어 저들의 목을 베었다.

비검술을 다루던 저들이 사망함으로써 무시무시하게 쏟아지던 검들이 턱턱 무덤의 묘비처럼 박혔다.

그즈음 퇴각 나팔이 울렸다.

안간힘을 쓰며 버티던 병사들이 기다렸다는 듯 물러났다. 그리고 후방에 있던 오르샨이 정면에서 공간을 열고 나타났다.

사제 열 명과 함께 나타난 그는 대성자의 빛을 들고 있었다.

"제국의 별 하나가 졌다니, 이를 기뻐해야 할는지 슬퍼해야 할는지 모르겠구나."

[내게 사용하려는 생각인가? 둘을 희생하며 마련한 수 치고는 꽤 구차하군.]

대놓고 발테리아스를 만들기까지 했다. 그런 자신에게 대성자의 빛과 신성력을 보이는 건 멍청한 일이었다.

[너는 돌아오지 않았어야 했다.]

"잘 아오만, 제국과 계약을 했으니 그 몫은 해야지 않겠소. 오늘의 전투로 파악한 내용 역시 전송해야 하고 말이지."

헛헛하고 씁쓸하게 감정을 토로한 그가 망설임 없이 대성자의 빛을 사용했다.

어머니의 손길처럼 따스하고 밝은 빛이 일대를 비췄다. 빛은 곧 삽시간에 흡수되며 에일락 반테스이 양분이 되었다.

그 상태로 그가 이끌고 온 노회한 사제들이 저마다 자기희생을 사용했다.

"저들을 구하는 유일한 길이라면 이 한목숨쯤이야 무슨 상관이리오."

"뮤테르시여, 굽어 살피소서."

부나방처럼 사제들이 순교했다.

마침내 열 명의 자기희생이 다 이뤄지고 언데드 총사령관은 강림한 천사처럼 성스러운 기루과 환혼력 특유의 추위를 만방에 떨치게 되었다.

이를 본 오르샨 테쟈르가 예상대로라며 손짓했다.

"제어할 수 없는 힘은 스스로에도 재앙이지. 이제 우

리는 퇴각할 거요."

[터무니없는 퇴각 방법이로고.]

"붓고 부어서 그릇이 깨어지길 바라는 묘책이라 합시다."

이후 마그레트 요새의 내부에서 대규모 이동 마법진이 활성화됐다. 그리고 에일락 반테스가 움직이려 할 때마다 마치 먹이를 주듯 사제들이 하나씩 자신을 희생했다.

그럴수록 에일락 반테스는 더 큰 마력을 지니게 되었다.

대신 이를 일그러진 륜으로 여과하는 시간 동안 움직이지 못했다.

톡 건드리면 펑 터지며 신성력을 퍼뜨릴 기세였다. 이를 보고 오르샨 테쟈르가 말했다.

"그대는 넘치는 힘으로 부하들을 쓸어버리시구려. 하면, 다음에 봅시다. 그때는 이번처럼 무력하게 당하진 않을 거요."

마지막 경고를 남기고 돌아갔다. 이후 작은 태양처럼 신성하기 그지없는 뮤테르의 빛이 에일락 반테스의 몸을 통해 사위를 점령했다.

따스하기보다는 차갑기 그지없는 시린 빛이었다.

성이 사라졌다. 인간은 물론 뒤편의 언데드들까지 씻은 듯 흔적을 찾을 수 없었다.

빙산 같은 얼음 기둥이 박히기 전, 마그레트 요새에서 에일락 반테스가 발밑을 두드렸다.

얼음이 부서지며 땅거죽 속에서 전신 갑주를 입은 여성이 올라왔다. 폭발의 조짐을 알고 숨었던 실란이었다.

[몸은 어떠하냐.]

"둔하고 생전의 기술을 쓰기엔 무리가 있지만, 엑탈렘 탓에 양호한 상태입니다."

망령의 울음을 통해 차근차근 내부에서부터 불화를 일으킨 그녀의 진군. 그러나 번쩍이는 신성력과 환혼력 때문에 땅을 파고 숨을 수밖에 없었다.

[전황은 어땠지?]

"적 1만여 명 사살. 아군 병력은 전멸, 가르테인 사망에 메그론 중태입니다. 그의 용병들이 수습하여 빠져나가는 것을 목격했어요. 추격하려던 중에 이렇게 되었고요."

[메그론 역시 제국 전력에서 배제해라. 부상을 쉽사리 극복하지 못할 테고, 혹 회복한다손 쳐도 놈은 나서지 않을 것이다.]

제국의 편에 섰던 것은 공을 세워 저들 중심에 들어가고자 하려는 의도였다. 그런데 에일락 반테스의 무력이 생각 이상이고 그가 제국의 전력을 충분히 깎을 수 있다는 사실을 알았으니 다시금 와신상담, 때를 노리는 게 옳았다.

당장만 해도 요새가 없어지고 영토만 남았으니 이 자리는 누가 차지하고 성을 구축하느냐가 당면한 문제였다.

제국의 영향력이 줄어든다면 이 영토들은 먼저 차지하는 이의 것이었다.

실란은 땅속에 숨겨졌던 마력석들을 대거 캐내었다.

"후방의 대규모 마법진을 너무 늦게 발견했습니다."

[네 잘못이 아니다. 저들이 진작 패배를 염두에 둔 탓이지. 이만한 규모라면 차라리 광역살상 마법을 구축하는 것이 일반적이니까.]

"필시 대장군님을 경계한 겁니다. 절대로 죽지 않는다는 걸 두려워한 거지요."

찬양에 가까운 그녀의 말에 에일락 반테스가 픽 웃었다. 실란이 편편한 마그레트 요새를 보며 말했다.

"거듭 이런 방식을 쓰면 아군은 무조건 전멸이겠네요."

[오래가지 못할 거다. 대성자의 빛은 흔치 않은 자원이니까.]

"순교와 자기희생이라는 방법이 있습니다. 열 명이면 대성자의 빛 못잖아 보였고요."

오르샨 테쟈르가 퇴로를 만들고 사제 몇이 자기희생으로 에일락 반테스를 붙든다.

그렇다고 에일락 반테스가 거동할 수 없는 것은 아니나, 예기가 죽어 버리니 상처 입지 않고 안전하게 퇴각할 수 있게 된다.

[희생이 무의미하고 저들의 신앙이 헛되다는 것을 증명해야겠지. 쉽지 않은 일이지만 반드시 해내야 할 것이다.]

"피란츠라면 충분히 해낼 겁니다."

아마도 자신이 미련하게 죽지 않았더라면, 이들 둘이 결혼하는 모습을 볼 수도 있었을 것이다. 서로 연모에 마음이 있었으니까.

그 모습을 보지 못하고 이렇게 된 것이 애석했다.

[이만하면 전초전은 충분히 치렀다. 남은 일은 간간이 모습을 드러내는 정도면 충분하지.]

"황제의 검이 부러졌으니, 거품을 물고 달려들겠네요."

[시간을 끌면 된다. 괜한 위험을 자초할 이유가 없어.]

최대의 경계 대상이 자신이 되었으니 악인곡의 원로들과 수원을 오염시키고 곡창지대에 불을 질러야 하는 부장들의 활동이 더욱 쉬워졌을 것이다.

더군다나 신성력의 무효화는 오직 에일락 반테스 단 한 명에게만 먹힌다는 정보가 확실시됐으니 일반 병력은 이제 다시 종잇장처럼 허물어질 일만 남았다.

제대로 된 언데드 종족과 군단을 조직하고 연구할 차례였다.

"그럼 남쪽의 해양 몬스터를 비롯한 일부 객체들은 증식의 마석만 수습할게요. 써 보니 효과가 꽤 좋았습니다."

[가치 있는 것은 남겨 두는 것을 잊지 말도록. 보물이 있어야 저들이 반목하는 법이다.]

"잡기 쉽고 탐낼 만한 몬스터들은 모두 남겨 놓을게요."

어련히 잘할 테지만 혹시나 하는 잔소리였다. 이제까지 없었던 불필요한 그 관심에 실란이 기뻐했다.

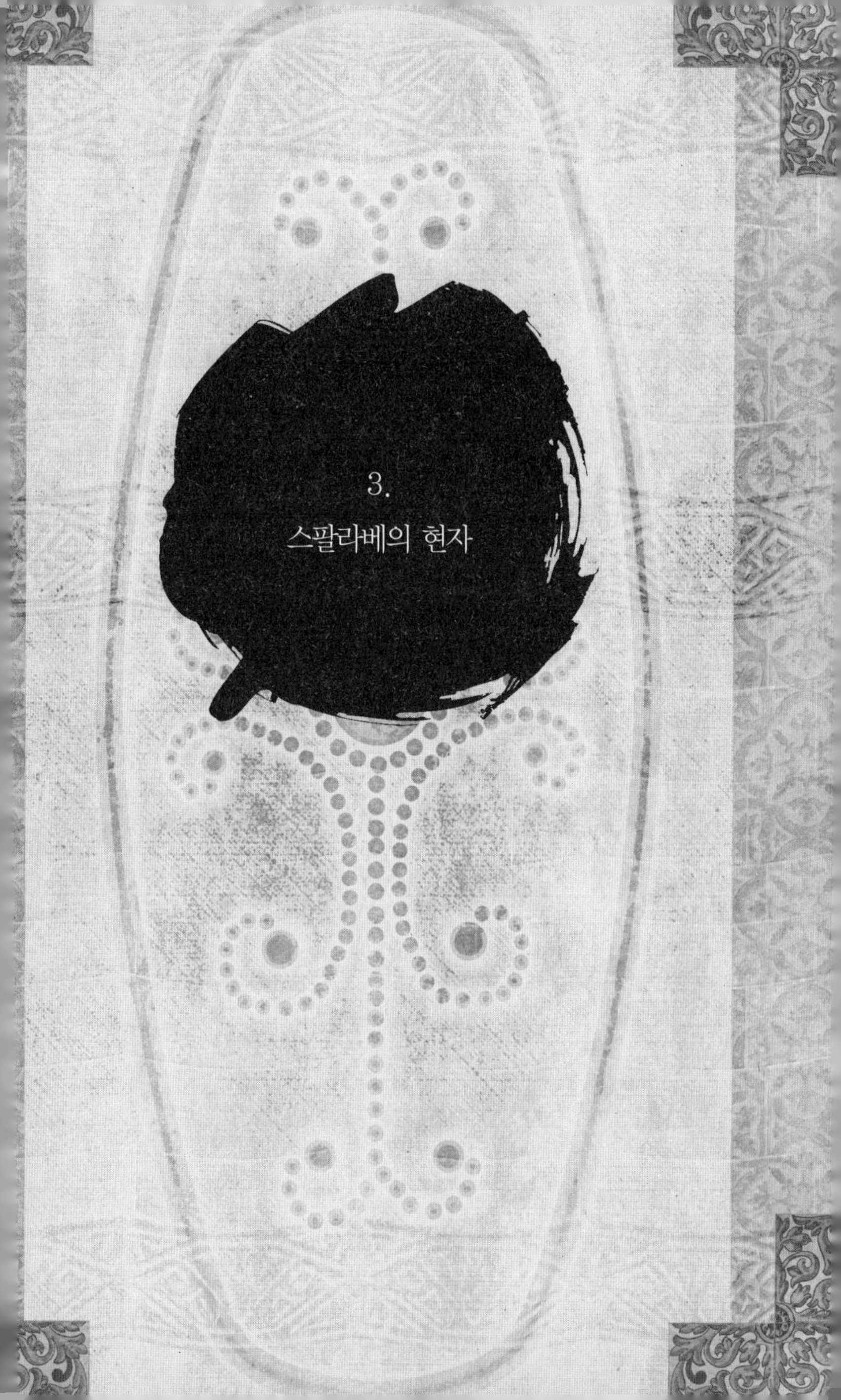

3.
스팔라베의 현자

꿀처럼 달콤한 잠이었다. 햇살이 창에 친 커튼 바깥으로 주홍빛을 보였다.

나는 침대 옆에서 새근새근 자는 이블린의 체온을 느꼈다.

작은 심장의 고동이 맞닿은 가슴을 통해서 느껴졌다. 더욱 깊이 느끼고자 꽉 끌어안았다.

비어 있던 마음에 온기가 채워졌다. 이블린 역시 아기를 보듬어 안듯이 자신의 품을 내어주었다.

간밤에 사랑을 나눈 것만큼이나 중요한 정서적인 충족이었다. 모힘트라를 통해 사신이 되면서 내게 결여된 것이 감정인 탓이다.

소실되어 가는 인간 본연의 마음과 가족에 대한 사랑을 채워야 했다.

그렇지 않으면 나는 부를 수 없는 존재들처럼 세계 바깥에서 섭리를 실현하는 역할만 하게 된다.

이는 엄밀하게 표현하면 초월이지만, 인간인 나의 심정으로는 완벽한 자살이나 마찬가지다.

"다 채워졌어요?"

"생각으론 계속 이렇게 돌아다니고 싶을 정도군요."

"나중에 또 해요. 지금은 일어나야 할 시간이니까요."

날이 밝았다. 이른 아침의 바쁜 출근 시각은 아니었지만, 일과를 시작하고 각자의 삶에 충실해야 하는 시간이었다.

나는 홀로 진행되고 있는 에일락 반테스의 영상을 종료하고 아침 준비에 나섰다.

전투와 또 다른 전투를 연이어 이어 나가는 행보보다 중요한 것이 함께하는 식사였다.

목욕 중인 이블린이 나오기 전까지, 나는 아침을 만들어 주기로 했다. 잡곡밥과 무나물, 버섯볶음이 메뉴로 좋을 법하다.

레시피를 생각하자 불린 쌀과 시금치 물, 당근을 비롯한 재료와 조리 순서가 착착 떠올랐다.

처음에는 주방용품을 쓰는 것보다 정령들을 사용하는 것이 당연히 익숙했다. 하지만 하다 보면 뭐든지 늘고 스킬의 보조도 있으니 쉽사리 적응했다.

곧 고소한 냄새가 주방을 가득 채웠다. 역시 의식주와 관련된 스킬이 가장 일상적이며 효용이 높았다.

샤워 가운을 입은 이블린이 차려진 식탁에 앉으며 말했다.

"안사람이랑 바깥양반이 바뀐 기분이 어때요?"

"돈 벌 필요가 없으니 생각보다 즐겁군요. 앞치마도 썩 익숙해졌고."

"화폐에 당신 얼굴 들어가게 해 줄까요?"

"살려 주세요."

극구 사양하자 그녀가 언제든 생각 있으면 말하라고 했다.

"이미 능력자들 사이에선 세계 공통 화폐가 쓰이고 있거든요. 포인트로 아이템을 교환해 주고 현실 화폐로 환전해 주고 있죠. 포인트는 현금으로 가능하지만, 현금은 포인트로 교환 불가예요."

"부자들에게 꽤 유리하겠군요? 현금으로 직거래하면 되니 말입니다."

"조금 앞서 나가는 정도죠. 테스트를 통과하지 못하면 사용할 수 있는 아이템에도 제약을 좀 가했으니까요. 밸런스 조절만큼은 신진권이 확실하게 하고 있어요."

"유나가 아니라 그가 합니까?"

포크를 내게 딱 겨누었다.

"어떤 사람한테 호되게 당해서인지 밸런스 붕괴는 절대로 막고 있어요. 편법이나 버그는 절대로 용납하지 않죠."

작게 기침했다. 이블린의 말에 따르면 그 외의 다른 흑심은 보이지 않는다고 했다.

불가해의 유적을 찾는다거나 기존의 new century로 접속할 방법을 찾고 혹 자신의 분신과 접촉하려는 행위는 조금도 없다고 덧붙였다.

어차피 계약을 통해 내게 종속되었긴 하지만 철저한 감시를 잊지 않는 그녀들이다.

나는 살짝 곁길로 새어 나간 대화를 다시 일상으로 되돌렸다.

"가장 좋은 건 당신이 맛있게 먹는 겁니다. 그런 의미에서, 부인. 오늘 음식은 어땠지요?"

"저 입맛 까다로워요. 실수를 했다면 바로 '다시 만드세요' 라고 했을 거예요."

무슨 요리프로그램을 봤는지 짐짓 숟가락을 탁 내려놓으며 차갑게 말했다. 그러곤 그릇을 싹싹 비웠다. 입가에 웃음이 절로 맺혔다.

초기 불 조절 실패로 음식을 태운 적이 있었는데, 그 부분까지 다 먹고도 별 이야기를 하지 않았었다.

대신 다음번에는 자신이 고기를 굽는다고 했었으니 정말 요리를 못 해도 별다른 말은 하지 않을 게 분명했다.

뭐, 밖에서도 일하고 안에서도 일시키는 남편일 순 없으니 나도 노력했겠지만 말이다.

식사를 마친 그녀가 밖으로 나가고 나 역시 냉장고와 조미료를 보며 무엇이 필요한지 점검했다.

이후 예정했던 대로 음식재료를 사고자 나섰을 무렵이었다.

휴대전화의 메시지음이 울렸다.

—한번 들러라. 제자가 기술 하나를 만들었다. 이용택.

최근 월향과 함께하며 아이처럼 성과물을 자랑하곤 하는 그였다.

한나가 사랑스럽고 잘 가르쳐야 하는 딸이라면 이용택에게 월향은 제자이자 함께 무도를 수련하는 동반자의 느낌이 큰 듯했다.

'오후에 한나한테 들르려면 빠듯하게 움직여야겠어.'

아빠가 수련 삼매경이니 혹시라도 소외감을 느낄는지 모르겠다.

이참에 내가 피에로의 권능을 체험하며 이상적으로 겪은 한나의 무공을 전수하고 다듬어 주기로 했다.

황금빛 대수인과 성숙한 한나의 위용을 내가 직접 만들어 준다면, 이 역시도 정말 기쁜 일이었다.

배 타고 네 시간이 걸리는 바다 건너의 섬에서 두 사람은 수련 중이었다.

나는 사치를 부려서 전용기를 타고 그들을 방문키로 했다. 그래야 밤에 또 이블린과 함께할 수 있다.

보통 사람의 속도로 살고자 하긴 했지만, 가족한테는 무조건 예외였다.

매우 넓은 자비와 고무줄 이상의 융통성을 보여도 부끄럽지 않았다. 그즈음 유나가 '저요!' 하며 손을 들듯이 나와선 말했다.

『조종은 저한테 맡기세요!』

“안 돼. 밤에만 나오세요.”

『엥!』

낮의 허용 범위는 첨단기기까지. 밤은 꿈꾸는 시간이니 약간의 이능도 허용했다. 우리끼리만의 느슨한 약속이었다.

전용기에 탑승하며 누구나 그러하듯 영화를 관람했다. 개봉 신작을 보다가 채널을 돌려서 에일락 반테스의 이야기를 틀었다.

‘게릴라 전 이후부터 볼 차례였지.’

실란과 헤어진 에일락 반테스의 여정은 동남쪽 변방의 한 마을에서부터 시작하였다.

차디찬 북부를 통해 셋레인을 지나면 만년설로 가득한 산맥이 있다.

경사를 따라 쭉 남하하면 가위로 싹둑 자른 것처럼 별안간 척박한 대지가 나타났다.

그리고 이를 건너면 언제 그랬냐는 듯 풍요로운 개활지가 나타났다.

이른바 스팔라베라 불리는 대지의 종족들이 살아가는 지대였다.

태생부터 특별한 능력이 있는 이 종족들이 주류 종족이고 별 볼 일 없는 인간들은 그들의 하인 노릇을 하는 새로운 세상이다.

질풍처럼 내달리는 속도로도 나흘이 걸린 여정이었다. 에일락 반테스는 그곳에 들어서기 전 기이한 체험을 했다.

마치 처음 new century에 접속하던 때처럼 경계를 넘어서서 다른 공간에 진입하는 것과도 같았다.

차이점은 약관에 서명을 해야만 통과시켜 준다는 것이다.

—부정한 존재로다. 너는 이 땅에 들어설 수 없다.

천공수의 모힘트라만은 못했으나 자연의 대정령과도 같았다. 바람과 물은 물론 땅에 이르기까지 모든 것이 그를 배척했다.

물러났던 에일락 반테스는 일그러진 륜을 먼저 내밀며 검신합일을 하듯 자신의 존재를 배후에 숨겨 두었다.

그러자 언데드를 배척하는 수문장이 달리 이야기했다.

—하나. 귀를 주의하라. 이곳에서 들은 그 무엇도 그

대의 기억에 남지 않으리라.

—둘. 입을 주의하라. 바깥세상의 그 무엇도 그대는 말할 수 없으리라.

—셋. 살생치 마라. 땅의 족속을 해할 시 그 갑절의 죗값을 치르리라.

—이것이 가디언으로서의 맹세이니, 어길 시 영원히 땅에 구속받을 것이다.

—오직 서약하는 자에게 문이 열리리라.

섭리와 마찬가지로 몸에 적용되는 이치였다. 소위 말하는 귀머거리와 벙어리가 되어 살다가 조용히 나가라는 뜻이었다.

한 세계이지만 다른 신과 법칙이 자리한 또 다른 세상이라는 증거였다.

나 같았으면 그냥 돌아갔을 것이다. 말도 못하고 듣기도 못하는데 우방은 어떻게 만들고 바깥으로 저들을 데리고 나가겠는가.

한데, 에일락 반테스는 개의치 않았다.

그는 지도를 떠올리며 야망과 야욕에 대하여 직관적으로 보았다.

'그래, 대항해 시대라 불리는 식민지 쟁탈과 착취가

열린 것도 따지고 보면 지도 때문이었지.'

권력자의 야망을 자극하는 건 저편에 점령할 땅이 있다는 정보였다.

만일 탐험가라는 이들의 기행문과 지도가 없었다면 저들이 머나먼 이방까지 군대를 보내고 식민지로 삼으려는 발상 자체를 하지 못했을 것이다.

마찬가지로 에일락 반테스는 자신이라는 존재를 이들에게 보이는 것. 그것 하나만으로도 충분히 자극과 욕망을 대변할 수 있다고 장담했다. 그러면서 그가 꺼낸 것은 다름 아닌 오룡검이었다.

"아까울 텐데. 저 검을 두고 갈 생각을 하다니."

엄청난 위력을 가진 국보 급 아티팩트. 너희들이 사는 세상 바깥에 이런 무기가 있고 나와 같은 존재가 있다는 사실을 알려 주고자 하였다.

에일락 반테스가 이에 착안하여 쓴 가면은 전란을 피해 은거하려는 고독한 무인이었다.

계획대로 그는 스팔라베에 진입했다.

⊠ ⊠ ⊠

홍수로 처참하게 변해 버린 마을에 파리가 들끓었다. 벽에 기대어 앉은 소년에게도 여지없이 달라붙었다.

윙윙거리는 파리가 뺨과 눈에 붙었다. 그러다 귓속으로, 콧속으로 들어가려 하면 허우적거리듯 손을 몇 차례 휘저었다.

그것이 최선이었다. 몇 날 며칠을 굶은 터라 기력이 없었다.

아직은 시체가 아니지만, 곧 될 것이 자명한 상태였다.

마을이 이렇게까지 풍비박산 난 것은 매서운 한파와 얼어붙을 듯이 차가운 물이 범람한 탓이었다.

방책이 무너진 사이 허연 뼈의 괴물과 핏빛의 살덩어리들이 연이어 습격해 왔다. 덕분에 집과 목책을 잃은 사람들은 무방비 상태로 살해당했고 잡아먹혔다.

도망치다가 벽이 무너지며 깔렸던 소년이 이렇게나마 살아 있는 것은 분명 기적이었다.

그러나 지금은 조금도 기쁘지 않았다. 외려 먼저 죽은 사람들이 부러웠다.

이렇게 괴로울 줄 알았으면 애써 돌무더기를 피하지 않고 그냥 머리부터 맞았을 것이다.

괜히 다리만 부러져서 이러지도, 저러지도 못하고 굶어 죽어 가게 됐으니까.

"엄마, 안녕……."

두 눈으로 아련한 무언가가 보였다. 태어나서 본 적도, 느껴본 적도 없는 환한 빛에 둘러싸인 부모님이었다.

고아였던 소년이 항상 그리고 꿈꿨던 천사가 나타난 것이 분명했다.

저곳에 같이 가고 싶은 마음이 간절한 그때였다.

"이쪽에서 뭔가 냄새가 나는데? 어이, 벙어리 친구. 맞지?"

시체 냄새에 몰려든 들개와 쥐밖에 없는 폐허에 절그럭거리는 금속성이 들렸다.

소리는 조금씩 가까워지더니 소년의 앞에서 멈추었다.

어른거리는 빛 너머에서 은빛의 기사가 나타났다.

가슴이 철렁거릴 만큼 기이한 눈빛의 노인이었지만 그 시선은 소년에게 닿으며 부드러움으로 탈바꿈했다. 입가의 미소는 따사로웠다.

소년의 고개가 천천히 움직였다. 감은 눈꺼풀 위로 푸른빛이 어른거리더니 웃음소리가 들렸다.

이를 홀린 듯이 쳐다보는데 갑자기 불쑥 털이 북슬북슬한 면상이 나타났다.

"이거 봐라? 제법 감응도가 높군그래. 이봐, 이놈도 같이 데려가야겠어. 괜찮지?"

낮고 칼칼한 소리의 주인은 무언가를 꺼내 내밀었다. 향긋한 냄새가 났다. 축 늘어져 있던 소년이 희미하게 눈을 떴다.

"자, 씹어라."

그는 짐승의 아가리에 물려 주듯 소년의 입에 하얀 것을 들이밀었다.

바짝 말라서 꺼끌꺼끌하기까지 했던 입에서 말랑한 것이 씹혔다. 힘들게 입을 조금 더 벌렸다. 그것은 향긋하며 보드라웠다. 생애 처음으로 먹어 보는 하얀 빵이었다.

"맛있냐?"

걸걸한 목소리에 소년이 가늘게 눈을 떴다.

앞에는 통나무처럼 두껍고 바위처럼 단단한 어깨를 자랑하는 중년의 난쟁이가 있었다.

"그렇겠지. 인간 따위가 이런 걸 먹어 봤을 리 있을까. 그래도 넌 운이 좋다. 이 아더문 님을 만났으니 말이야.”

굵은 눈가 주름과 매부리코 아래로 억센 수염이 보였는데 이내 그 입술이 한쪽으로 추켜 올려갔다.

“나도 좋다. 쓸 만한 일꾼을 발견했거든.”

가죽 갑옷을 입은 그의 등에 길쭉한 도끼와 가방, 빗겨 맨 가죽 포대가 덜렁였다.

향긋한 빵 냄새는 열린 포대에서 나오고 있었다. 그는 소년의 시선을 보고는 가죽 포대를 풀어서 왼쪽으로, 오른쪽으로 휙휙 움직였다.

목이 부러진 양 숙인 채 널브러져 있던 소년이 포대를 따라 눈을 좌우로 굴렸다.

고개도 따라서 도는 모습에 아더문이 낄낄거렸다.

그는 몇 번 더 장난을 치더니 단검을 꺼내 소년의 손끝을 베었다.

이어 똑똑 떨어지는 피를 왼쪽 손에 들고 있던 투명한 보석에 묻혔다.

보색이 짙은 푸른빛을 발했다. 조금 전 소년의 눈두덩 위를 맴돌던 옅은 빛은 저 보석에서 나오는 것이었다.

“이봐, 새끼 인간. 고통에서 벗어나고 싶지?”

소년이 쌕쌕 숨만 내쉬며 고개를 끄덕이자 아더문은 가죽 포대의 입구를 끈으로 질끈 묶은 뒤 품에서 널찍한 종이를 꺼냈다.

빼곡하게 글귀가 적힌 그 끝을 가리켰다.

"여기에 손가락만 꾹 누르면 수숫대만도 못한 다리도 고쳐 주고 매일같이 빵을 하나씩 주겠다. 차근차근히 읽어 보고 '계약대로 하겠습니다' 라고 말하면 돼. 새끼 인간이 글을 알 리가 있겠냐만."

아더문은 계약서를 쫙 펼쳐 소년의 눈앞에 가져갔다. 이죽거리는 그의 말대로 소년은 글은 알지 못했다.

다만 다친 곳도 치료해 주고 먹을 것도 주면 그것만으로도 감사할 따름이다.

그때 마음 한쪽에서 최소한의 의심이 물었다.

이래도 괜찮은 걸까? 잘은 모르지만, 상관없을까? 그 물음이 자연스레 난쟁이의 옆에서 선 은빛 갑옷의 할아버지를 보게 했다.

"하여간 같은 인간이라고 의지하려 들기는. 소용없다. 저놈은 외지인이거든. 우리를 위해 싸우다가 자리 잡고 사라질 것들이지. 원래 바깥에서 온 놈들은 다 그렇다. 가디언 노릇을 하지 않으면, 대지가 배척하고 저주를 내리거든."

자신의 세상을 버리고 온 자에게 내리는 속박이었다. 이른바 1세대 외지인들은 가디언으로서 살생을 금하고 오직 땅의 족속들을 지켜야 했다.

이후 대를 이을 때 그 저주가 약해지며 지금 눈앞에 있는 소년처럼 일꾼 노릇을 하게 된다.

기실 처음부터 이런 것은 아니었다. 인간이라 하여 무시하고 노예 부리듯 하였다면 진즉 봉기가 일어나고 다툼이 있었을 터다.

그저 근래에 이르러 갑자기 차별하고 다툼과 괴수들이 날뛰기 시작했다. 소년의 일은 이상 현상의 연장선에 있었다.

아더문 역시 인간에 대한 혐오감이 든 지 오래되지 않았다. 대신 당근보다 채찍이 더욱 빠르고 효과적이라는 사실을 뒤늦게 알고 애용할 따름이다.

"어이, 이봐. 하여간 인간 놈들이란 끼리끼리 잘도 노는군!"

윽박지르는 소리에 움찔했다. 소년은 힘겹게 노인을 보았다.

그는 대꾸 없이 자애로운 미소를 띠었다. 그러자 마

음에 자리했던 의심과 불안이 눈 녹듯 사라졌다.

"이쪽이다, 이쪽."

아더문은 소년의 손가락을 보석에 대고 잠시 있었다.

"말해."

"계약대로…… 하겠습…… 니다."

더듬더듬 말을 끝맺자 손가락을 중심으로 푸른빛이 쭉 퍼져 나갔다.

아더문이 호탕한 웃음을 보였다.

"좋아. 한 건 했군."

그는 계약서를 챙기고는 왼손의 보석을 손목 보호대에 장착했다.

"아픈 것부터 해결해 주마."

아더문은 가방에서 주홍색 물이 든 유리병을 꺼냈다. 조심조심 소년의 다리에 떨어뜨렸다.

두 방울은 부러진 뼈를 맞추기 위해, 한 방울은 소년의 입을 벌리게 해서 먹였다. 그러곤 손가락에 얇게 펴서 조금 전에 난 상처에 문질렀다.

뜨겁게 화끈화끈하더니만 이내 바람이 차갑게 느껴질 만큼 아팠다. 통증에 소년이 자신도 모르게 펄떡 뛰었다. 그리고 거듭 놀랐다. 다리뼈가 붙은 데다 몸에 활력이 돈 탓이다.

"이제 따라와라. 참고로, 도망치면 손모가지가 펑! 터질 거야. 아니지, 감응도가 많이 좋으면 몸이 박살 날 수도 있을 테니 허튼 생각 말고."

아더문은 유리병을 소중하게 주머니에 넣고 작은 상자에 보관한 뒤 가방에 깊숙이 보관했다. 그리고 수통의 물을 끼얹고는 소년에게 얼굴을 씻게 했다. 땟국이 줄줄 흘렀지만 제법 봐 줄 만했다.

빤히 보는 시선에 소년이 괜히 고개를 숙였다. 부리부리한 눈길에 주눅이 든 모습이다. 이리저리 곱 뜯어보던 난쟁이가 말했다.

"수컷인 건 확실한데 인간 새끼들은 대체 몇 살인지를 모르겠단 말이지. 너, 이름은 뭐고, 나이는 몇이냐?"

고개를 젓자 그가 픽 비웃었다.

"뭐, 기대도 안 했다. 새끼 인간 주제에 그런 게 있을 리 없지."

기억이 나는 때부터 소년은 비렁뱅이였다.

눈칫밥 먹고 재워 주는 이 없어 동굴과 나무둥치를 찾기 일쑤였다. 강물이 범람했을 때도 높은 지대에 있었기에 살았다.

이후 건질 것 없나 하며 내려왔다가 다른 이들이 죽는 사이에 본능에 따라 숨어서 버텼고, 천천히 죽어 가던 중이었다.

"어차피 30년도 못사는 것들이니 상관없으려나. 인간 따위의 가족 같은 건 있으나 없으나 그게 그거니까."

비웃는 태도와 단정해 버리는 말투에 발끈할 만도 했지만, 소년은 그러지 못했다.

그럴 정신도 아니었거니와 갑자기 아더문의 몸 위로 푸른빛이 넘실거린 탓이었다.

조금 전 자신의 손에 맺혔던 것과 같은 거였다.

만지려 하자 곧 푸른빛 일부가 소년에게 스며들었고 몸에 더욱 큰 활력이 돌았다. 아늑하고 포근한 생명의 힘이다.

아더문은 자신이 일으킨 힘을 쪽쪽 빨아먹는 걸 보곤 조소했다. 그러다가 뒤를 돌아보았다.

"어렵쇼?"

등 뒤에 오른손을 뻗는가 싶더니 도끼 손잡이를 꽉 쥐어서는 횡으로 잘랐다.

반월형의 빛과 함께 향긋한 빵 냄새를 맡고 다가온

들개가 말 그대로 두 쪽이 났다.

늙은 기사 역시 자신의 발을 들어 올렸다가 땅을 꽝 내리찍었다.

지진이 난 듯 땅거죽이 갈라지고 뒤흔들린 땅에서 검은 피가 울컥울컥 솟구쳤다.

그는 고깃덩이가 된 뻘건 덩어리를 한 손으로 들었다.

짐승에게 뜯어 먹힌 마을의 시체가 분명한데 땅을 파고 지렁이처럼 꿈틀거리며 움직이는 괴물이 되어 있었다.

이것을 아느냐는 투로 아더문에게 보였다. 그는 툴툴거리며 대답했다.

"등이 근질근질하더니 좀비에 구울까지 있었군. 외지인이라 모르려나? 괴수에게 죽으면 인간 역시 괴물이 되어 밤마다 떠돌게 되지. 그러다 훤한 대낮이면 빛을 피해 땅에 본능적으로 숨어들어. 그리고 피 냄새를 맡으면 지금처럼 다가오곤 해."

아직 살아 있는 소년이 피를 뿌린 탓에 생긴 일이었다.

신선한 냄새에 취해 다가온 것이다. '한 방 감도 안 되는 것들이' 라며 중얼거리던 아더문이 코를 긁적였다.

"가만, 그럼 밤에는 개새끼들까지 좀비로 판을 치는 거 아냐? 번거로워졌군."

죽은 것들의 수를 양 손가락을 다 동원해서 세던 그가 침을 탁 뱉었다. 잠재적 좀비들의 머리통을 다 부숴서 미리 사건을 방지할지, 아니면 튈지의 갈림길이다.

답은 정해져 있었다. 마을을 재건할 것도 아닌데 수고롭게 시체들을 정리해 무엇하겠는가.

"얼른 가자. 어이, 새끼 인간. 앞으로 넌 무조건 열한 살인 거다."

소년이 고개를 끄덕이자 아더문이 버럭 소리 질렀다.

"대답을 해! 대답을! 혓바닥이 없냐? 잘라 줘?"

"네, 네!"

"젠장, 이거 덜떨어졌는지 먼저 검사를 해 보고 계약했어야 했는데."

도끼를 다시 빗겨 멘 그가 연신 투덜거렸다.

"나중에 글도 못 외우는 얼간이면 아케모노 년이 좋아라, 비웃을 텐데. 제길! 아무튼, 넌 그년이 물어봐도 무조건 열한 살이고, 아니어도 열한 살인 거야. 알겠냐?"

무슨 말인지 몰랐지만, 난쟁이의 목소리는 나팔소리

보다도 더 큰 상태였다. 귀가 쩌렁쩌렁 울리는 통에 소년은 움찔 놀라 더 크게 대답했다.

"네!"

"좋아! 벙어리, 너는 계속 빌어먹을 놈들을 처리해라."

아더문이 성큼성큼 걸었다. 꽤 큰 보폭으로 움직였지만, 신장이 소년과 큰 차이가 나지 않는 탓에 따라 걸을 수 있었다.

이따금 말 없는 노인이 소년의 몸에 힘을 불어넣은 것도 큰 몫을 했다.

소년은 난쟁이보다 노인을 의지하고 싶었다.

하지만 친절하기 그지없던 노인은 다가가려고 하면 거리를 두고 고개를 저었다.

딱 여기까지라는 듯한 모습이다. 난쟁이의 말대로 그는 말을 못하고 대신 싸우는 호위에 불과했다.

잘 보여야 하고 말을 들어야 할 사람이 누군지 답이 딱 나왔다.

소년은 아더문의 말을 듣고 따르기 시작했다.

아더문은 괴팍하고 무서운 난쟁이였다. 매일 맛있는 빵을 주고 편히 잘 수 있게 해 줬지만 그런 친절은 오직 말을 잘 들을 때뿐이었다.

그러나 소년은 아더문과 지내는 것이 생각보다 편하다는 사실 역시 오래지 않아 깨달았다.

버려지고 눈칫밥을 먹으며 성장한 탓에 소년은 빠릿빠릿하게 움직였다.

그의 비위를 거스른 적이 단 한 번도 없자 아더문이 이모저모로 알려 주기 시작했다.

"이곳은 검은 숲이다. 대지의 고마움은 물론, 훔의 축복조차 받지 못한 열등한 무리가 머무는 곳이지. 우리가 너희를 차별했다고 여기진 마라. 대지의 소중함조차 모르는 너희가 스스로 택한 곳이 이곳이니까."

그것이 무엇인지는 묻지 못했다. 꼬치꼬치 캐묻는 느낌이 들면 아더문이 싫어하는 이유였다.

대신 이를 들은 노인이 검으로 일렁이는 힘을 발산했다. 지금 말한 훔이 이것이냐고 묻는 모습이었다.

"마력과는 달라. 너희는 그걸 쓰면서 점점 자신을 잃어 가지만 훔은 위대한 의지를 따른다. 네 녀석 정도의 투영술이면 이미 침몰한 상태지만 우리는 만물의 정기를 통해 섭리 그 자체에 도달하게 된다."

의문의 제스처를 하자 아더문이 냉소했다.

"너희 인간 놈들의 사고방식이야 그렇지. 세계를 편편하게만 보는 1차원적인 발상 때문이야. 이 손안에 수십 겹의 문이 있고 수백 개의 세상이 있어. 홈을 모르는 너희는 닫힌 문을 비집고 따려는 좀도둑이고 강도에 불과하지."

노인이 검을 휘둘렀다. 일순간 정면의 공간이 썩둑 잘리며 균열을 보였다. 아더문은 이번에도 그게 아니라고 했다. 대신 그의 실력이 높다는 건 인정했다.

"전혀 모르고 있군. 더 생각해 보라고. 아무튼, 난 최고의 가디언을 우연히 찾은 셈이니 정말 좋아졌어. 이봐, 새끼 인간. 너는 그런 면에서 축복받은 거다. 홈을 느낄 수 있으니 말이야."

그렇게 검은 숲을 지나던 중 죽음처럼 정적이 머문 마을을 들르게 되었다. 강 하류의 이곳 역시 소년이 떠나온 곳과 다르지 않았다.

가뭄과 기근이 수년째 이어졌었다. 그러다가 마침내 간절히 바라던 비가 내렸다.

하지만 이는 또 다른 재앙이었다. 하늘이 뚫리기라도 한 양 그야말로 억수같이 퍼부은 까닭이다.

마른 강줄기가 흙탕물로 일렁이는 것은 순식간의 일

이었다. 쩍쩍 갈라졌던 산은 한가득 물을 품더니 제 몸무게를 이기지 못했다.

산사태가 일어나고 강물이 범람했으며, 이를 따라 산의 괴물들 역시 아래로 내려왔다.

악재에 악재가 겹쳤으니 삶이 피폐해지는 것은 당연한 결과다.

상황이 극단에 치달으면서 생존자들 역시 난폭해졌다.

사나운 승냥이마냥 날뛰며 살기 위해 무엇이라도 할 수 있는 자들은 더욱 독해졌고, 망설인 이들은 약해져서 먹이가 되어 갔다.

그것은 말 그대로 먹잇감이었다. 난쟁이는 이런 모두를 싸잡아서 간단하게 표현했다.

"열등한 것들."

마을 어귀에서부터 무언가 끓는 소리와 함께 고기 냄새가 났다. 아더문은 이맛살을 찌푸렸다. 길 곳곳에 쌓여 있는 잿더미 속에는 인간의 뼈가 뒹굴었다.

그 흉흉함에 가뜩이나 주눅이 든 소년이 겁을 잔뜩 집어삼켰다. 슬쩍 본 노인이 검을 뽑아선 수평으로 휘둘렀다.

한 마리의 빛나는 용이 입을 쩍 벌리더니 빛살처럼

일대를 휘감았다.

그러곤 역수로 쥐어 땅에 박았다.

삽시간에 방사형으로 쩍쩍 갈라지더니 네 마리의 용이 승천하면서 일대의 건물을 깡그리 무너뜨렸다.

철컥 소리를 내며 검집에 들어간 그것에서 용의 눈이 번뜩였다.

"으아악!"

"내 팔! 팔이……!"

폭삭 주저앉은 건물에서 사내들이 울부짖었다.

나무창과 얼기설기 줄기를 엮어 만든 그물을 든 이들이었는데 저들끼리 뒤집어써 무너지는 건물 잔해에 그대로 깔린 것이었다.

팔이 잔해에 깔린 이가 구슬프게 비명을 질렀다.

"이봐, 벙어리. 방금 그거, 검술이냐, 그 검의 힘이냐?"

노인이 검을 탁탁 때렸다. 검의 힘이라는 의미였다.

아더문이 갑자기 입맛이 돈다는 듯 입술을 침으로 축축하게 적셨다.

"그거 내가 써 봐도 되나? 넌 검도 두 자루나 되는데 말이지."

노인이 서늘한 시선을 아더문에게 던지다가 손가락 하나를 들어 보이곤 검을 건넸다. 딱 한번만 휘둘러보라는 뜻이었다.

시선을 받은 아더문이 어깨를 으쓱이곤 용이 새겨진 검을 거머쥐었다.

흄이라고 표현하는 빛을 잔뜩 검에 주입한 뒤 휘둘렀다. 번쩍이며 조금 전에 본 용 한 마리가 전면에 깊은 고랑을 만들며 질주했다.

"흄을 받아들이는 무기라니, 바깥의 인간들도 제법 철을 다룰 줄 알게 됐나 보군. 음! 생각 같아선 가져가서 자세히 봤으면 싶지만, 내가 인간들처럼 굴 순 없지. 받아라."

아쉬운 티를 역력하게 내며 돌려준 그는 이내 고개를 세차게 흔든 뒤 자신의 도끼를 쥐었다.

그즈음 오른쪽에서 다급한 소리에 이어 부리나케 내려가는 도망하는 이들이 보였다.

아더문은 노인이 궁금해하자 친절하게 설명해 주었다.

"고난 속에서 본성을 드러내는 법. 인간 놈들이 저 살자고 동족을 잡아먹은 거다. 하는 짓거리를 보니 피난민들까지 사냥했군. 늙은 인간들이 없는 걸 보면 저희끼리도 도축한 게 틀림없어. 이거야 완전히 막장이구먼!"

소년이 아더문의 말을 듣고 두리번거렸다. 건물이 무너지고 비명이 울리는 사건이 생겼음에도 도망하는 이들 중 노인은 보이지 않았다.

"하여간 열등한 것들이야. 저러니 평생 검은 숲을 못 벗어나지. 짐승도 제 새끼는 보호하게 마련이건만. 아, 벙어리 그대는 빼고 하는 말이다. 그리고 오해할까 봐 말하는데, 나도 그 정도는 할 수 있어. 보라고."

난쟁이는 도끼를 돌려 쥐더니 뒷면의 망치 부분을 힘차게 찍었다. 곧, 노인이 그러했듯 땅거죽이 출렁이며 나가서는 도망하는 저들을 집어삼켜 버렸다.

소년은 아더문의 말을 듣고는 난쟁이와 노인을 보고 자신을 비교했다.

억센 질감에 그나마 아랫도리만 가리고 있는 자신과 달리 아더문은 주머니가 있고 윗옷과 바지가 달랐다.

팔꿈치와 무릎에 덧대고 보강하는 가죽이 있었으며, 갑옷 역시 마을 자경단이 입었던 것에 비하면 반짝반짝 광택이 났다.

노인은 생애 처음 보는 매끈한 재질의 갑옷이라 두말할 나위도 없었다.

대신, 신비로운 빛이 감도는 난쟁이와 달리 노인의 갑옷은 그저 매끈한 금속일 따름이라 가슴을 두근거리게 하는 무언가가 부족했다.

오죽하면 저 난쟁이의 가죽옷과 장비가 더 고풍스럽게 느껴질 정도였다.

단, 딱 하나만큼은 번쩍번쩍 광이 나고 푸른빛과 다른 형형색색의 힘이 어려 있었다.

처음 보는 짐승으로서 뱀처럼 생겼으나 그보다 수천 배는 위협적인 용이 새겨진 검이었다.

아무것도 모르는 소년마저 검의 광택에 홀려 버릴 만큼 그것은 실로 매혹적이었다.

"저런 열등한 것 중에서 이따금 이런 변종이 나오는 걸 보면 참 신기하다니까."

노인과 소년을 보며 아더문이 대놓고 이죽거렸다.

그는 손목 보호대의 보석으로 주위를 빙 둘렀다. 지잉— 소리를 내는 미세한 떨림에 아더문이 방향을 바꿔 나갔다.

"이거? 보다시피 흠의 재능이 있는 운 좋은 녀석들을 찾는 물건이야. 뭐냐? 그 눈초리는. 하여간 인간 놈들이란, 쯧. 노예로 쓰거나 하려는 게 아니다. 저대로 두면 훔이 외면해 버리거든."

노인의 검을 써 보고는 부쩍 친절해진 아더문이 말했다.

"제 복이 뭔 줄도 모르고 미천해지는 거지. 그걸 막으려면 스팔라베로 데려가 세례를 해야 해. 이걸 개문(開門)한다고 하는데 이때부터 훔의 교감(交感)이 본격적으로 이뤄진다. 네 녀석처럼 마력에 찌든 놈은 불가능하니까 괜한 욕심 내지 말라고."

마을 중앙의 대로를 벗어나 작은 골목에 들어섰다.

한 무리의 아이들이 돌과 막대기를 들고 두려움에 떨고 있었다. 아더문이 그들 중 하나를 가리켰다.

"거기, 새끼 인간. 너 나와라."

말했지만 주춤주춤 물러서며 아무도 나서지 않았다. 아더문이 성큼 나서자 한 여자아이가 비명을 지르며 돌을 던졌다.

이를 냉소적으로 잡아챈 그는 인정사정 보지 않고 아이들을 향해 투척했다.

파공성을 내며 날아간 돌은 골목 저편의 외벽에 턱 박혔다. 벽은 거미줄처럼 금이 가더니 와르르 무너졌다.

"아주 골통을 부숴 버릴라. 귀찮게 하지 말고 가만히

나 있어라."

소년은 아더문의 행동을 몇 차례 보며 알았다. 귀찮은 걸 싫어하고 실력을 보여 준 뒤 바로 다가간다는 것이었다.

그가 양팔을 들고 곰처럼 왁! 소리를 내자 아이들이 앞다퉈 누군가를 밀어냈다.

"얘예요!"

"으아앙! 잘못했어요, 다신 빵 안 훔칠 게요!"

"얘가 아까 걔예요. 우린 살려 주세요!"

비는 아이, 우는 아이, 화들짝 놀라는 아이까지 실로 다양한 군상이었다.

이들의 틈바구니에서 떠밀려서 나온 아이는 소년과 비슷한 나이 또래였다.

두렵기 때문일까, 배신감 탓일까. 낯빛이 창백하고 와들와들 떨고 있었다.

"인간은 하여간 애나 어른이나 똑같아."

아더문은 소년에게 그러했듯 단검을 꺼내 피를 내고 보호대의 보석에 확인했다.

옅은 푸른빛이 넘실거리자 그의 입가에 웃음이 그려졌다.

"두 번 연달아 발견하다니. 운도 더럽게 좋군그래!"

고양이를 잡아채듯이 뒷목을 딱 잡아서는 옆 건물의 문을 두드렸다.

안이 비어 있음을 확인하고 아이를 데려가서는 가방에서 등잔을 꺼내 불을 붙였다.

어둑어둑한 실내가 환해지며 구석구석에 있던 시궁쥐가 뚫린 벽 구멍으로 혼비백산 도망했다.

"먹어라."

눈동자를 이리저리 굴리고 있는 남자아이가 아더문이 주는 빵을 받았다. 그리고 이를 먹는 사이 계약서를 꺼냈다.

"자, 너도 나를 따라갈 테냐, 여기에 그냥 지낼 거냐? 나를 따라오면 매일같이 흰 빵을 주고, 굶지 않게 해 주겠다. 이 계약서를 차근차근히 읽어 보고 '계약대로 하겠습니다' 라고 말하면 된다. 근데 글은 아냐?"

능글능글하게 웃는 그의 말에 남자아이가 눈을 동그랗게 떴다. 그리고 고개를 조심히 흔들더니 눈치를 보며 말했다.

"저, 하나 물어봐도 될까요?"

"뭔데 그러냐?"

"계약이 뭔지 좀……."

말끝을 흐리며 고개를 작게 숙이는 남자아이의 모습에 아더문이 먼지 뽀얗게 쌓인 의자를 가져와 앉았다.

"이 새끼 인간은 대가리가 좀 돌아가는 모양이군. 흠의 선택을 받은 인간치고 아까의 새끼 인간은 너무 쉽게 계약했단 말이야."

힐끗 노인의 옆에서 있는 소년을 본 아더문이 말을 이었다.

"계약이란 건 말이다, 어기면 안 된다는 거다. 여기에 지장을 꽉 찍으면 넌 이 더러운 곳 대신 풍요의 땅에서 영원히 살게 돼. 밭 갈고, 땅 일구면서 말이지."

"농사예요?"

"네 한 몸 배불리 먹으려고 작물을 기르는 짓 따위가 아니다. 위대한 의지에 따라서 더러운 것들은 치워 주고 생명을 이어 주는 거룩한 일이다. 뭐, 그 이상도 있긴 하지만 인간 따위가 할 수 있을 리 없으니 대충 넘어가자."

"영원히 못 나가는 거면 노예 아니에요?"

"계약자이긴 한데 이건 말해 봐야 네 대가리로 알 리가 없지. 그냥 동족한테 먹힐 필요도 없는 아주 잘 먹고 잘사는 노예라고 생각해라. 훔과 더 크게 소통하고 진화라도 하면 인생 피는 거고, 아니면 그저 그런 거지. 자, 여기까지로 설명 끝이다. 계약할 거냐, 말 거냐?"

눈치 보며 살아온 아이들이니 여기서 '안 한다' 고 하면 어떻게 될지 모를 리 만무했다.

눈을 이리저리 굴리던 소년이 고개를 끄덕였다.

"할 거예요. 근데 그 훔이란 게 뭐예요?"

"이 빌어먹을 애새끼가. 계약하면 알아서 알게 될 테니 입은 좀 다물어라. 여하간 한다고 했으렷다? 이쪽에다가 손가락을 꽉 눌러라."

아더문은 그리 말하다가 멈칫했다. 피를 묻힌 투명한 보석의 푸른빛이 흐려지다 사라진 탓이었다.

"몇 살이냐?"

"열한 살이요."

"그래. 내가 아무리 인간 놈들 나이를 몰라봐도 어린 거 정도는 안다고. 분명히 꼬마 중에서도 완전히 꼬마가 맞단 말이야. 근데, 이 쥐방울만 한 놈이 벌써 오입질이냐? 에라이 문란한 새끼들 같으니라고."

귀 위쪽 머리를 긁적인 아더문이 의자에서 내려왔다. 꺼냈던 계약서도 다시 넣고는 소년의 엉덩이를 뻥 걷어

찼다.

“이거나 먹고 꺼져!”

펑 날아간 남자아이가 나뒹굴었다. 그 옆에 빵 하나가 떨어졌다. 아더문은 짜증스럽게 문을 쾅 닫고 나오며 노인에게 말했다.

“아까 하나 깜빡하고 말을 않았는데, 흠의 축복을 받았어도 성관계를 하면 닫혀. 그래서 열한 살 이하로만 훑은 건데, 이거야 원. 연령대를 더 낮춰야 하나?”

‘하여간 인간들이란’ 하면서 혀를 끌끌 찬 아더문은 소년에게 스팔라베에 도착할 때까지 허튼짓거리는 꿈도 꾸지 말라며 엄포를 놓았다.

아이는 뭔지 잘 모르지만 눈치껏 얼른 고개를 끄덕였다.

노인은 이를 빠짐없이 보며 이따금 검을 휘둘렀다. 목적지인 스팔라베까지 가는 여정은 별 위기 없이 순탄하게 마무리됐다.

땅에 보이지 않는 장막이라도 쳐진 듯, 경계 지점을 사이에 두고 풍경이 확확 바뀌었다.

검은 숲이라 명명하던 을씨년스러웠던 땅은 온데간데

없어지고 파릇파릇한 풀이 자라며 소가 여물을 먹는 한가로운 풍경이 나타났다.

안전지대였다. 아더문은 이곳에서 노인을 멈춰 세웠다.

“소위 안식의 땅이라 부르는 곳이지. 주로 검증받지 못한 외지인들이 머무르고 나이가 들 만큼 든 인간들이 말년을 보내는 지대다. 외지인들은 꼭 막바지에 이르면 고향에 가고 싶어 하거든.”

소년처럼 세례를 받고 살아가던 외지인들은 대부분 이곳에서 머문다고 했다.

나갈 수도 없고, 설혹 그게 가능하다손 치더라도 서로 잡아먹는 검은 숲인데도 고향을 그리워하는 것이 인간이었다.

“벙어리, 넌 내가 지금까지 본 중 최고의 가디언이야. 하지만 나라고 맹약을 어길 순 없지. 이곳에서 딱 5년만 있어. 보통은 10년은 두고 봐야 하는데 내가 5년이 되기 무섭게 나와서 바로 데리러 오마.”

노인이 5년이라는 말에 놀란 기색을 보였다. 자신의 수염을 쓰다듬는 모습이 수명이 얼마 남지 않았는데, 라고 하는 듯 보였다.

아더문은 혹시라도 다른 마음을 먹을까 우려하여 얼른 덧붙였다.

"걱정하지 마. 스팔라베는 축복받은 땅이라고. 다 죽어 가는 새끼 인간을 데리고 와도 10년은 너끈하게 버틴단 말씀이야. 너 정도면 30년은 기본으로 더 사니까 5년이 길다는 둥의 생각은 할 필요가 없어."

아더문은 논둑을 지나 질퍽한 길을 넘어갔다.

논은 황금색으로 알알이 굵어 대풍을 맞이한 상태였다.

색동옷을 입은 위시 부족의 여인에서부터, 곰방대를 문 르에르 부족인은 물론, 우라곤이라 불리는 덩치 큰 바위 피부의 사내도 보였다.

아더문은 이맛살을 찌푸리고 누가 말도 못 걸게 으르렁거렸다. 그러며 과실수 정원을 지나더니만 인근에서 가장 높은 지대에 자리한 한 난쟁이의 집에 들어갔다.

"브라움 아제, 안에 있수?"

"그래. 다짜고짜 문부터 열어젖히는 것이 아더문이가 온 게로구나. 그려, 잘 왔다."

볏짚을 아궁이에 넣으며 훅훅 불자 안의 불씨가 작은 불꽃으로 화했다.

장작을 넣고 일어난 난쟁이는 주먹코에 치아도 듬성듬성 나고 검버섯이 잔뜩 핀 늙은 난쟁이였다.

지팡이에 의지하여 일어선 그에게 아더문이 꾸벅 인사했다.

코를 벌름거리며 솥의 뚜껑을 열었는데 안에는 물이 졸아서 바글바글하며 끓는 먹거리들이 가득했다.

"웬 옥수수요? 고구마에, 감자도 있네? 불 방금 붙이는 거 같더니 꺼진 거 다시 지피던 중이었소?"

"네 녀석이 손님 데리고 오는 걸 보고 준비해 놨지. 근데 오는 건 봤지만 시간이 가물가물해서 말이야. 할 일도 없으니 내내 끓이고 식히고 그러고 있었어."

"에이, 맛 다 빠졌겠군. 기왕 하는 거 케이크나 만들지, 왜 인간이나 소들한테 먹이는 걸 삼고 그러오?"

"그럴까 봐 계속 새로 넣고 끓였다. 그리고 먹는 거에 차별하지 말라고 내 그리 말했는데, 하여간 네 녀석도 어지간하구나. 허튼소린 그쯤하고 퍼뜩 내오기나 해."

두꺼운 눈꺼풀 탓일까, 나이가 들어 기력이 없는 탓일까. 구부정한 허리가 기억 자로 굽은 브라움은 감기기 직전인 눈으로 노인과 소년을 보았다.

"어디 보자, 내 집에서 신세 질 사람이 뉘고?"

아더문은 구시렁대며 키 큰 노인을 가리켰다.

"거 선지자 일 그만뒀으면서 자꾸 앞날은 왜 보고 그러는 거요? 자꾸 미래 같은 거 보면 명줄 금방 끊기오. 오래 살려면 그만 좀 하쇼."

"내가 보고 싶어서 보나. 만물이 이끌고 대지가 품어주시니 보는 거지. 자, 다들 들게나. 요깃거린 충분히 될 거야. 자네들 건 따로 이리 키우면 되고."

난쟁이의 크기에 맞는지라 먹을거리도 작은 크기였다.

하지만 브라움이 지팡이로 툭툭 건드리자 소년의 머리만큼이나 크게 바뀌었다. 김이 모락모락 나는 상태 그대로였다.

브라움은 신기해하는 그들에게 말했다.

"마법이나 기적 같은 게 아니라네. 그저 삶의 크기와 양식대로 공평하게 주어졌을 뿐이지. 개인당 한 개씩. 만족할 만한 크기로 말이야."

뜻 모를 소리였으나 푸근하게 웃으며 권하는 통에 감사히 받아 들었다.

한 입 먹은 소년은 너무나도 뜨거워서 도로 뱉은 뒤 손에서 훅훅 바람을 불어서 식혔다.

노인도 한 입 크기씩 이를 먹었다.

아더문 역시도 이 음식을 먹는 동안만큼은 다른 말은 일절 않은 채 오직 씹고 맛보는 것에만 충실했다.

한참 후 노인부터 소년에 이르기까지 주어진 음식을 다 먹은 연후에야 아더문이 말했다.

"아제, 저 인간 좀 데리고 있어 주오. 다른 곳이면 그 앙칼진 것들이 죄다 돌아다니지만, 아제 집만큼은 못 들어오지 않소?"

"허허, 지금 나보고 휴식을 취하러 들어온 이방인을 꼭꼭 숨겨 두고 가둬라, 이 말을 하는 거냐?"

"그런 걸 아제한테 부탁할 리가 없잖소. 그저 예전처럼 공평하게, 스팔라베에 대해 차근히 보여 주면 되오. 그 발랑 까진 년들의 농간에 속지만 않게 말이지."

브라움이 혀를 끌끌 찼다.

"하여간 너도 참 어지간하구나. 그리도 숲의 여인들이 싫은 게냐?"

"싫고 말고가 아니라, 숨으러 온 주제에 주인 행세하는 게 영 글러 먹은 거 아니오? 선지자 자리에 아케모노 그년이 앉은 후부터 아주 스팔라베가 거미들 천지가 됐소!"

"다들 엘프니 숲의 요정이니 하는데 네 녀석만 끝까지 거미로구나. 그건 그렇고 우리끼리만 얘기하고 있지, 막상 당사자는 아무것도 모르는 거로군."

잠시 말을 멈춘 브라움이 노인에게 말해 주었다.

대대로 땅의 축복을 받고 대지의 속성을 지닌 요정들만 기거하는 곳이 스팔라베였다.

이곳에 근래에 들어 다른 이종족들이 들어오기 시작했는데 다름 아닌 숲의 요정들이다.

최근 발생하는 무한 증식형 몬스터들 중에서도 그들이 마주한 건 우드 웜이었다.

땅속을 누비는 거대 지렁이이면서도 삼림을 초토화하는 녀석들이었는데, 뿌리를 통해서 나무속을 통째로 파먹는 희귀종이었다.

문제는 그 드물고 까다로운 몬스터가 계속 나타난다는 것. 아무리 죽여도 어디에선가 뿌리에 기생하면서 나무속을 깡그리 파 없애는 바람에 거처를 잃고 도망해 왔다.

그렇게 자리를 내달라며 온 숲의 요정들을 아더문은 혐오하다시피 했다.

"누가 봐도 거미지 요정은 무슨! 얼굴만 반반한 거

빼면 파렴치도 저런 파렴치가 없소. 거미처럼 움직이고 덫만 만드는데다가 얹혀살고 온갖 것에서 실만 뽑아 대는, 그게 거미가 아니면 뭐요?"

고집불통으로 버럭버럭 소리 지르던 아더문은 이내 마뜩잖은 신색으로 노인에게 말했다.

"내가 질투나 이상한 짓거리 하는 게 아니야. 그럴 거 같았으면 오기 전부터 막 얘기했겠지, 지금 이러겠어? 인간 놈들은 어리든 늙든 그저 겉모습에 헤벌레 해서 그런다고."

그리곤 노인의 검을 가리켰다.

"그저 계집이라면 껄떡대고 본단 말이다. 간이고 쓸개고 다 꺼내서 주고 사랑인지 희생인지 헛소리를 하지. 네 녀석도 그 짝 안 나게 조심해라. 특히 그 검은 정말 조심하고. 그년들은 우리랑 달라서 앞에서 하는 말이랑 뒤에서 하는 말이 달라!"

대답 없는 노인 대신 브라움이 대꾸했다.

"다른 건 이 녀석이 좀 틀려먹었는데 그 말은 맞네. 아름답고 화려한 것에 취하면 남는 건 화(禍)뿐이 없어. 근데, 죄다 바친 인간들이 잘못이지 그 여인들은 잘못이 없다, 인석아. 숲의 여인들은 한 번도 달라고 요구한 적이 없거든. 인간들이 한 번 자 달라며 바쳤지.”

“하여간 인간 수컷들이란! 그리고 주는 대로 날름 받아먹는 것도 잘못 아니겠소.”

“알았다, 알았어. 내가 잘할 테니 너는 씨앗을 데리고 들어가기나 해라. 그렇잖아도 세월이 하…… 수상하구나. 변고는 일어나는데 어머니께서는 그저 기다리면 다 해결될 거라고 하시니, 원.”

브라움은 지팡이를 짚으며 고개를 흔들었다. 아더문이 일어나며 물었다.

“아무튼, 이제 가오. 혹여 전할 거라고 있소? 들어가는 길에 배달하리다.”

“싸움이나 적당히 해라. 코피 터지면 무조건 졌다고 하고. 손톱에 긁히면 사내는 진 것이니라.”

“난 여자도 평등하게 대하는 놈이올시다. 면상으로 놀고먹는 것들에게 이 주먹으로 승부 보자고 할 거요.”

“저러니 아직도 혼자지.”

브라움은 빠진 치아 사이로 숨이 색색 나가는 웃음을 지었다. 아더문은 몸을 홱 돌려서는 소년을 데리고 성큼성큼 나갔다.

세례라는 의식을 하기 위한 여정이었다.

덩그러니 남은 노인이 브라움을 보았다. 그는 노인의 이모저모를 살핀 뒤 주름진 미소를 보였다.

"이리 들어오게나. 인연을 모두 끊고 떠나면 이 방까지 온 걸 보면 모진 풍파를 겪어도 제대로 겪은 거겠지. 내 쉴 곳을 마련해 주고 땅에 대해 일러 줌세."

그는 자신의 방 하나를 지팡이로 두드려서는 노인이 기거할 수 있도록 큼지막하게 만들었다.

오밀조밀하게 있던 집이 기형적으로 불쑥 솟더니만 노인의 신장에 맞게 변모했다.

날이 저물고 밤이 흘렀다. 이튿날 새벽닭이 우는 소리를 듣고 일어난 브라움은 노인을 주방의 물 항아리로 불렀다.

아래쪽에 황토가 가라앉은 물이었는데 이를 온몸에 끼얹게 했다. 이른바 바깥에서의 미련을 물로 씻어 내리는 의식이었다.

"참으로 험난하게 살았구먼. 쇠붙이들이 몸에 딱 달라붙어서 한 몸을 이루고 있어. 다 미련이 녹아들어서 그런 걸세. 이제 앞으로 세속의 때를 지우고 가득 채운 집념으로부터 자유로워져야 하네. 그리해야 마음의 평화가 찾아올 걸세.”

노인이 검으로 5라는 숫자를 만들었다. 검의 궤적이 남아서 뚜렷하게 남아 있는 것을 본 브라움이 그렇다고 대답했다.

“비우는 데 일반적으로 10년이 걸리지만, 일부 느린 이들은 5년 만에 털곤 한다네. 아더문이 자네를 아주 높게 본 모양이야. 응? 아, 그게 궁금한 거로군.

빠르지 않고 느린 이가 시간을 단축하는 건 조급함이 없기 때문일세. 스스로 능력을 과신하는 이들은 반드시 노력에 정비례하는 성과에 주목하거든.

한데, 자연에는 그런 게 없어.

잘 생각해 보게.

봄이 가고 여름을 지나 가을 이후엔 겨울에 도달하네. 그리도 또 어찌 되던가? 다시 봄인 게야.

이를 한 번으로 보느냐 하나로 보느냐, 참 진리는 이 것에 있다네.

하루, 한 달, 1년에 숫자를 매기고 쭉 따라가는 시간으로 보는 것이 아니라 돌고 도는 순환으로 보아야 하는 것이지.

비우고 채우며 다시 비우고 채우기를 반복하는 게야.

어느 한순간에 머물면 결단코 소통할 수 없어.

변해 가는 내 모습과 달려져 가는 사물들 속에서 기억을 추모하기보다는 그대로 받아들이는 자세와 마음의 여유가 있어야 하네.

만물의 정기는 그 여백을 찾아서 자연스레 들어오지.

공(空) 하면 평(平)해지며 흙은 동화하여 위대한 의지를 접하게 되네. 자네가 이를 깨우치면 지금 당장에라도 스팔라베의 세례를 받을 수 있을 것이야.

하나, 만 분지 일도 이 이치를 바로 아는 이가 드물지. 그러니 10년에 걸쳐 대자연의 흐름과 만물의 정기가 오가는 삶을 천천히 체득하는 걸세."

조롱박으로 항아리의 물을 부을수록 노인의 갑옷이 점점 맑고 청아한 빛을 보였다.

순백의 기류가 감돌았고 적셔지는 만큼 옅은 떨림과 함께 원형의 파장이 물결쳤다.

마치 녹이 잔뜩 슨 쇠를 두드려 그 속의 예리한 칼날을 드러내는 것과도 같았다.

노인이 퍼져 나가는 힘을 갈무리하려고 하자 브라움이 고개를 저었다.

"왜 숨기려 드는가? 자네가 무슨 목적으로 힘을 감춘

것인지, 또 어떤 삶을 살아왔는지 나는 모르네. 알 이유도 없고 그럴 필요도 없어. 오직 분명한 사실은 그대가 신령한 대지인 스팔라베에 스스로 찾아왔고 서약하였다는 걸세."

그리곤 인자한 웃음을 보였다.

"이곳은 안식의 땅 아니던가. 모두 내려놓게나. 그리고 이 바람과 땅을, 만물을 느끼시게. 살랑거리며 속삭이고 장난치는 저들을 보려고도, 잡으려고도 하지 말고 그대로 두는 거야. 살아가기 위해 뭔가를 행해야 한다는 생각. 그 의식으로부터의 자유로워져야 해."

이를 들은 노인이 갈무리하던 자신의 힘을 그대로 두었다.

팔방으로 뻗어 나가며 브라움의 집은 모든 것을 꽝꽝 얼리는 지독한 한기였다. 겨울의 눈보라가 갑자기 찾아온 듯했다.

그 속에서 노인이 지팡이로 땅을 두드렸다. 문을 열어 달라는 듯 똑똑 두드리자 갑자기 모든 것을 꽝꽝 얼려 가던 지독한 힘과 얼어붙었던 언덕 전체가 옆으로 떨어져 나왔다.

마치 겹겹이 있었던 옷 하나를 훌렁 벗은 것처럼 공

간 전체가 얼어붙은 일대를 허물 벗듯이 옆으로 치우는 모습이었다.

그 한 번의 과정을 마치자 노인의 몸에 있던 갑옷이 사라졌다. 북풍한설과도 같던 차디찬 바람이 봄철 눈이 녹듯이 녹아내렸다.

브라움이 매우 흡족한 얼굴로 말했다.

“잘하고 있어. 아주 잘 따라하고 있네. 자, 하나 더 내려놓게나.”

이에 반응하듯 노인이 차고 있던 두 자루의 검 중 하나가 떠올랐다. 영롱한 빛을 머금은 채 심장 고동처럼 쿵쿵거리며 뛰기까지 하는 순백의 검이었다.

갑옷에서부터 차디찬 한파가 퍼져 나왔듯이 검은 짙은 빛을 퍼뜨리며 수백, 수천 개로 분열했다.

천지사방에 검의 잔영이 없는 곳이 없었고 잘리지 않는 곳이 없었다.

쩍쩍 금이 가고 예리한 절단면에 따라 사물들이 작은 주사위처럼 토막 나서 굴러 내렸다. 그리고 이 역시도 브라움이 바닥을 두드리자 정지하였다.

공간이 분열하며 저편으로 넘어가듯이 다시 한 번의 허물이 벗겨졌다.

노인의 검은 감쪽같이 사라지고 없었다.

"이제 마지막으로 자신만 비우면 되네. 익숙함에서 자연스러움으로 들어가는 시작인 게지. 어떤가, 참 나를 세울 준비가 되었는가?"

고개를 끄덕이자 브라움 역시 준비했다.

한데, 이번에는 그가 놀라며 주춤 물러서고 말았다. 지그시 눈을 감은 노인으로부터는 날카롭지도, 차갑지도 않은 묵직한 존재감이 퍼져 갔다.

크기는 인간이되 마치 거인이 눈앞에 있는 듯했다.

하늘까지 치솟는 것 같았던 그는 아우라를 퍼뜨리며 주위를 보았다. 황량한 요새가 외로이 서 있는 벌판이었다.

흠집이 많고 긁힌 자국이 선명한 감청색 갑옷을 입은 노인이 우뚝 서 있었다.

그가 경계 너머에 있는 브라움에게 말했다.

[고맙소이다.]

뒤이어 스스로 자신의 세계를 압축한 뒤 저편으로 사라졌다. 브라움에 의해 허물 벗들이 넘어간 것이 아니라 스스로 자신의 내부와 소통하고 소유하며 자유롭기까지 한 거였다.

"허허. 내 하루아침에 깨우칠 수 있다고는 했으나, 진실로 그러한 이를 볼 줄은 꿈에도 몰랐군. 이런 일이 있을 줄이야……."

보면서도 믿기지 않는지 눈을 끔뻑끔뻑하며 다시금 노인을 보는 브라움이었다.

눈을 뜬 눈앞의 노인은 아무것도 걸치지 않은 채 덩그러니 용이 새겨진 검 한 자루만 남은 것을 보고는 자리에서 일어났다.

뒤이어 브라움에게 고마움을 표했다.

[진실로 깊은 비전을 배웠소. 혹, 이것의 이름이 양의심공이나 분심공은 아니오?]

"이름이 무슨 상관이겠는가. 그리 부르는 순간부터 만물의 정기는 한낱 그대들이 말하는 기술이 될 뿐일세. 무한한 가능성을 보잘것없는 이름으로 가두는 건 어리석은 일이야."

[확실히 그러하군. 내가 경솔했소이다.]

"뭐, 초창기에 그런 이름에서 시작했다고는 하더군."

브라움의 말에 노인이 다시금 감사의 인사를 했다.

그는 벙어리였어야 할 가디언이 말을 했음에도 조금도 의문을 갖지 않았다.

스팔라베가 요구하는 최소의 조건을 달성한 탓이었다.

바깥 세계를 마음으로부터 정리하고 신령한 대지의 섭리를 오롯이 따르는 거였다.

이쪽의 법칙에 속하였고 마땅히 잃었던 목소리와 제약에서 자유로워졌음을 잘 알았다. 한편 노인은 기이한 말을 되뇌었다.

[인벤토리가 분심공에서 기원했을 줄은 몰랐군.]

입가에 머문 노인의 웃음이 참으로 묘했다.

"인벤토리라면 융켈의 계약자들이 사용하는 보관함 말인가? 그건 일견 맞는 말이기도 하지만 엄연히 차이가 있네. 여행자들은 신의 의식을 빌려서 쓰는 셋방살이에 불과하고 그대는 자신의 것을 오롯이 가졌다는 것이지."

[얼마를 보관하든 주인의 마음대로 처리할 수 있다는 의미로군.]

"물건뿐이겠는가. 그들의 능력 역시 마찬가지일세. 무릇 대가 없이 주어지는 것에는 그만한 이유가 있는 법이야. 아울러 물극필반(物極必反)이란 말을 명심하게나."

그릇이 차면 무릇 넘치게 마련이니 조심하고 또 주의하라는 의미였다. 걱정과 진심이 가득한 브라움의 말에 노인이 다시금 고마움을 표했다. 그즈음 바깥에서 문을 두드리는 소리가 있었다.

"브라움 님, 안에 계신가요? 별고 없으시죠?"

여성의 목소리였다. 이를 들은 브라움이 들어오라며 대답했다.

"마르셀이로군. 물론, 잘 있다네. 조금 전의 일로 많이 놀랐나 보지?"

"네, 브라움 님께서 어머니의 품으로 돌아가셨나 걱정이 많았어요. 어르신이 계시지 않다면 저는 정말 슬펐을 거예요."

"내가 없으면 더욱 튼튼히 뿌리를 내릴 거라네. 본디 세찬 바람과 뜨거운 햇볕이 작물을 기르고 알곡을 영글게 하거든. 마침 잘 됐구먼. 옷 한 벌을 가져와 주겠나? 이 친구가 입을 옷이 필요한데, 내게 있는 건 마뜩잖은 것들만 있거든."

들어선 여인은 바구니를 이고 호미를 든 황갈색 앞치마 차림이었다.

짧게 자른 금색 머리칼 탓인지 미청년이라는 느낌을

물씬 풍겼는데 드러난 목과 팔을 비롯한 피부가 빨갛게 익다시피 한 상태였다.

그녀는 벌거벗은 채 있는 노인을 보고 잠깐 당황스러워했다. 이윽고 놀라움에 이어 반가움의 빛을 보였다.

"대륙에서 오신 분이군요. 혹시 아더문 님과 함께 왔다는 외지인이 이분인가요? 어때요? 바깥의 이야기를 알려 주시겠어요? 지낼 곳이 없으시다면 우리 집에 오세요. 극진히 모실게요."

브라움이 지팡이를 흔들었다.

"곤란하구먼. 어찌 먼저 오고도 나중에 온 이보다도 집착을 놓지 못하는고? 안식의 땅에서 휴식만 취하려니 이렇듯 모호하게 있는 걸세. 노력을 비우지 못하는 한은 평생 거머쥐지 못하리라는 사실을 명심하게나."

"브라움 님은 항상 수수께끼 같은 말만 하세요. 노력을 어떻게 비울 수 있나요? 펠마돈을 보여 주시면 될 것을 매번 그렇게 회피하시네요."

"만물의 정기가 곁에 있거늘 어찌 정형화된 심득만 추구하는가. 넓게 보고 열게 생각하시게."

그녀는 알 수 없다는 표정에 이어 눈물이 그렁그렁 고이는 슬픈 눈을 보였다. 이후 옷을 가지러 가겠다며 노인의 치수를 잰 뒤 나갔다.

노인이 브라움에게 물었다.

[이곳에 있기에는 어울리지 않아 보이는 여인 같소. 어찌 스팔라베에 온 거요?]

"아무도 모른다네. 본인들 말로는 공간이동 중에 생긴 사고였다고 하는데, 이야기가 참으로 기묘하다네. 한 번은 북극으로 갔고 두 번째는 습격을 받아서 스팔라베까지 날아왔다고 하거든. 사실이라면 어마어마한 운의 소유자들인 게지. 얼토당토않고 말이야."

[두 번이나 실패해서 이곳저곳으로 날아갔다?]

말이 되느냐는 물음에 브라움 역시 너털웃음을 지었다.

"자네도 알다시피 그런 방법으론 살아남기도 버겁고, 혹 그렇다 한들 신령한 대지에 들어설 수 없는 일일세. 당연히 우리는 위대한 의지께서 징표로서 이끌었노라 생각했지. 한데 아무리 지켜봐도 그저 평범한 인간들에 불과했어."

인간들이라는 표현에 노인이 반문했다.

[함께 온 이가 더 있소?]

브라움은 빈사 상태의 남성과 어린 호캄의 시체라고

대답했다.

“마르셀의 남편으로서 시넬이라고 하더군. 함께 추격자를 피해서 도주 중이었고 뜻하지 않게 공격받았는데 그게 다 한 소년 때문이라고 했지.”

[암살자인가 보구려.]

“아니. 자신을 두고 가서 복수하려고 했다는데, 이건 얘기하는 나나, 듣는 자네나 마찬가지로 어이가 없는 이야기일세. 그냥 속 좁고 뒤틀린 것들이 있다는 정도로 넘기세나.”

노인이 알겠다며 되물었다.

[젊은 미망인이 홀로 버티느라 고생하는 건가 보오.]

“신령한 땅에서는 수명이 다하지 않는 한 여간해선 죽지 않는다네. 원하면 수명 자체도 늘릴 수 있고. 마르셀의 남편은 정정하게 잘살고 있다네.”

문제는 그들이 영리하다는 데 있었다.

우연하게 온 이 땅에서 가능성을 본 그들은 가르침을 원했고 잠시 쉬었다 가게 해 달라고 요청했다.

목적은 요정족들이 사용하는 힘을 터득하기 위함이었다.

“아공간이라고 하더구먼. 특별한 기술이라고 생각하

고 주문과 방법을 얻고자 했지. 목표는 복수였고."

자신들을 쫓아낸 원수를 죽일 힘. 이를 얻고자 안식의 땅에서 고된 일을 하며 버티는 중이었다.

복수 대상의 이름은 메그론이라고 했다.

[철벽의 학살자라는 그 말이오?]

"유명인사긴 한가 보이. 자네 정도 되는 이가 알 정도인 것을 보면."

마르셀과 시넬의 노력은 대단했다.

숲의 여인들에게서 특수한 실을 자아내는 법. 숲을 질주하며 활을 쏘는 비법을 익히고자 하고 자신에게 와서 선지자의 지혜를 요청했다.

다른 이종족들 역시 찾아서는 장점을 흡수하려고 박차를 가하였다.

하나, 애석하게도 진전은 없었다. 훔이 아닌 마력으로 이해하고 분석하려고 한 이유였다.

"근본부터 달라. 그러니 근본을 바꿔야 해. 한데, 그걸 못 버리더군. 저런 식이면 10년도 의미가 없다네."

영민한 탓에 스팔라베와는 맞지 않는 이들이었다.

[혹, 선지자의 자리를 그만두었다는 것이 저들 때문인 거요?]

"때가 맞았을 뿐이야. 그간 늙은 난쟁이가 이끌었으니 이번엔 젊은 여인들의 차례가 왔을 뿐이지. 자고로 고인 물은 썩게 마련일세. 그간 비옥한 토양이 중심이었으니 이제는 생장의 숲이 이끄는 것도 좋지. 대지나 숲이나 크게 다를 것도 없잖은가."

[아더문은 숲의 요정들을 매우 불편해하는 거 같소만.]

"아직 어려서 그런 게지. 청춘은 좋은 거야."

노인은 브라움이 말은 툴툴거리지만 은근히 배려심 있다는 사실을 알았다.

자격이 없는 마르셀과 시넬은 검은 숲으로 쫓겨나서 궁핍하게 살아야 하는 게 정상이다.

이를 알고 머무를 수 있도록 신경 써 준 거였다. 퉁명스러운 태도 때문에 오해를 받지만 말이다.

이후 대화를 통해 마르셀 부부의 위치가 스팔라베에서도 참으로 어중간하다는 것을 들었다.

브라움의 체면을 봐서 놔둘 뿐이지, 그가 아니었다면 진즉 내보냈을 것이다.

배울 것만 다 배우면 바로 나가겠노라는 심보가 딱 보이니 누가 좋아하겠는가. 당연히 이들을 대하는 시선이 영 곱지 않았다.

그 탓에 피부가 새빨개지리만큼 뙤약볕에서 고된 노동을 도맡아 하는 중이었다.

[비전과 진리를 알려 줬는데도 저리 중노동만 하는 것이오?]

“이를 말이겠는가. 덕분에 이 안식의 땅에서 나를 가장 헛소리하는 늙은이로 보고 있다네. 꼭꼭 숨겨 두고 절대로 안 알려 주려는 옹졸한 노인네 말이지.”

요정족이라면 누구나 다 아는 이야기를 하니 그런 취급을 받는 것이었다.

더불어 특별해 보이는 걸 은밀하게 걸 이야기해야 하는데 매일처럼 말해 주니 비전이 비전 취급을 받지 못했다.

[있어 보이게 연출이라도 하면 바로 먹히지 않겠소?]

“본래 진실은 일상에 있는 법. 때가 되면 다 깨우칠 테지. 아직은 그때가 되지 않았을 뿐이고.”

그때 노인이 물었다.

[순리에 따르는 것이 진정 옳은 것인데, 왜 저들을 붙들고 바로 잡으려 하는 거요? 내 오해일는지 모르나 유난히 마르셀과 시넬이라는 자들에게 마음을 쓰는 것같

이 보이는구려.]

순간, 느낀 바가 있는지 브라움은 눈을 감고 생각에 잠겼다.

울타리 밖의 새소리와 바람의 움직임마저 멈췄다 싶을 만큼 정지되어 있었다.

"그러게. 듣고 보니 과연 그대의 말이 맞구먼. 내가 왜 이러는 것인고……."

브라움의 얼굴 뒤로 잔상들이 겹쳤다. 그것은 주마등처럼 과거를 비추고 반추하고 있었다.

노인이 분심공이라고 표현했던 그의 의식들이 수면 위로 올라온 거였다.

이를 지켜보던 노인은 맑은 브라움의 심상 세계에서 작은 티끌을 발견했다.

이후 브라움이 분리해 두었던 자신의 마음을 모두 합치기 전에 먼저 말하였다.

[측은지심 아니겠소. 위대한 의지를 행하는 선지자의 책임이고 말이외다.]

무아의 경지에서 심층 세계로 접어들려던 브라움이 노인의 말에 바깥으로 끄집어 나와졌다.

노인은 브람움이 의혹에 찬 시선을 보내자 빙그레 웃

음을 지었다.

[다친 이에게 관심을 보이고 베푸는 건 살아 있는 존재라면 모두가 품는 당연한 마음이외다. 그대가 저들의 거취를 결정하기까지 하였을 테니 마음을 쓰는 건 지극히 마땅하오. 그대는 내가 본 중 가장 현명하고 자애로운 영혼을 지녔소이다.]

크게 고개 숙이며 하는 말에 브라움이 손사래를 쳤다. 그러면서도 입가에는 웃음이 가득한 것이 기분이 꽤 좋은 모양이었다.

그즈음 마르셀이 흰색의 의복을 노인에게 주며 몰래 그의 이름을 물었다. 그리고 노인의 대답에 크게 실망하여 돌아갔다.

[이름이 무슨 상관이겠는가. 무한한 가능성을 단정 짓고 정의하는 건 어리석은 일이라네.]

"네, 네. 어련하실까요. 선지자님들."

이를 본 브라움이 껄껄 웃었다.

해가 저물고 다음 날이 밝았다.

밤을 지새우며 대화한 브라움은 더는 가르칠 것이 없다고 했다. 이제 노인에게 남은 선택은 두 가지였다.

안식의 땅에서 머무르는 것과 스팔라베의 중심부인 신령한 대지로 향하는 거였다. 노인의 선택은 당연하게도 후자의 것이었다.

아무리 은거를 위해 찾은 곳이라 하여도 여행하고 경험하고 싶은 호기심까지 억누를 이유가 없었다. 떠나기 전에 그가 흘리듯 물었다.

[스팔라베에는 그대와 같은 이가 몇이나 되오?]

“어리석은 물음을 하는구먼. 나와 같은 이는 오직 나뿐이라네.”

그 대답에 노인은 크게 고마움을 표현했다. 이번엔 브라움이 질문했다.

“어디부터 가려 하는가?”

[아더문의 안내로 그대를 만났으니 이 얼마나 고마운 일이겠소. 감사의 인사는 해야지.]

“보면 꽤 놀라겠군. 급한 성격을 고치고 자중하라고 꼭 일러 주시게.”

노인이 그리하겠노라며 안식의 땅을 벗어났다.

정보를 모두 얻었으니 남은 건 오직 계획대로 움직이는 것뿐이었다.

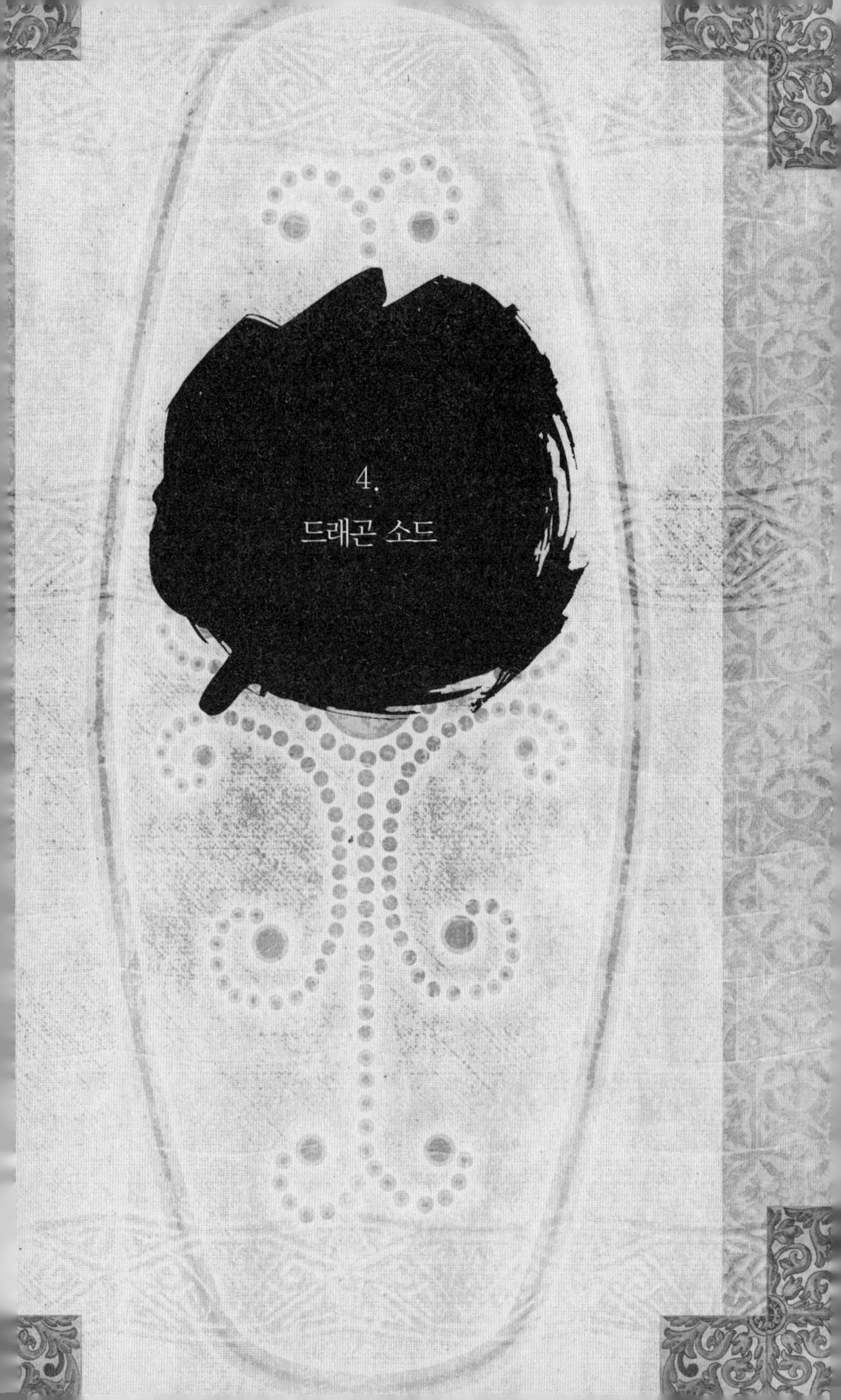

4.

드래곤 소드

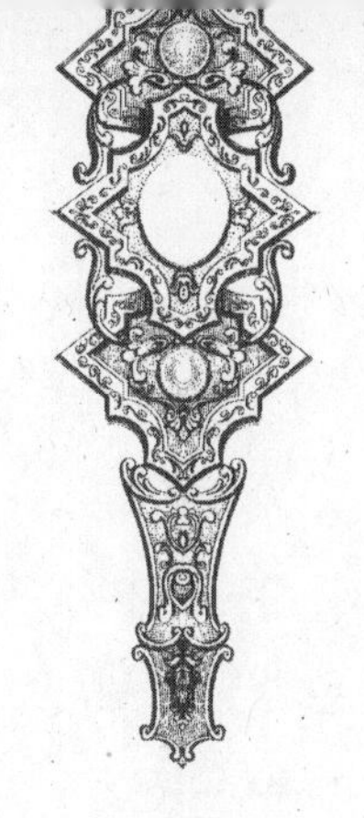

'이렇게 능글능글 맞은 모습도 있었나?'

치밀하다는 표현이 옳을 것이다. 에일락 반테스가 스팔라베에 들어서며 한 행동들은 그만큼 조심스럽고 신중했다.

조심스럽게 행동한 건 엘라곤의 정보를 의심한 탓이다.

마인(魔人)인 엘라곤이 올바른 정보를 주었으리라고 장담할 수는 없었다. 그렇기에 스팔라베에 관해 알아볼 필요가 있었고 이러한 행동은 순조롭게 진행됐다.

검은 숲과 스팔라베 내부의 격차. 아더문이 적대하는 아케모노의 이름으로 유추한 난쟁이와 요정족의 대립.

현명하기 그지없는 브라움조차 알게 모르게 영향받은 욕망까지였다. 남은 건 계획대로 이들의 갈등을 조장하는 것뿐이었다.

그나저나 마르셀과 시넬이라니, 저 두 사람이 이 먼 곳까지 날아왔을 줄은 정말 몰랐다.

'저들도 참 기구한 운명이군.'

라탄트라와 만나며 저만치 보냈던 야크니스가 일을 해냈다.

원하던 대로 복수하진 못했지만, 마르셀과 시넬을 아예 머나먼 곳으로 날려 버렸으니 죽은 것이나 마찬가지였다.

에일락 반테스가 알아본 바로 마르셀과 시넬은 함께 고난을 겪으며 애틋한 사이로 발전하여 깊은 관계를 맺었다.

'그래도 전쟁에 휘말리지 않은 걸 보면 전화위복이랄 수 있겠지.'

마르셀을 보니 새삼 태진이가 생각났다. 녀석이 좋아했던 NPC가 그녀의 후손이었다던데, 남편이 바뀌었으니 이제 그녀는 영원히 사라진 것이리라.

이를 알면 녀석은 어떻게 행동할까? 대답은 물어볼

필요도 없었다. '신경 안 쓴다' 일 게 빤했으니 말이다.

'애인을 너무 빨리 사귀었어. 극복이 빨라.'

못 잊어서 과거 회귀까지 염원했던 녀석치고는 지금은 너무하다 싶을 만큼 잘 지내고 있었다.

미래에 유명해지는 애인도 사귀면서 동생인 현화를 통해서 다른 배우에게까지 손을 뻗치니 덕분에 내 미안함도 싹 가셨다.

거인의 심장이었다는 스팔라베는 땅의 생김새가 마치 두 손을 맞잡은 듯했다. 이 중 손가락의 손톱 부분에 듬성듬성 난 곳이 검은 숲이었고 점차 내부로 들어와 손가락 마디 부분에 안식의 땅이 있었다.

내부의 손등과 손가락 마디 관절에 들어서면 지금까지 이야기로만 들었던 이종족들을 모두 만날 수 있다. 이른바 용맥이라 하고 대지의 심장이 뛰는 신령한 땅까지도 구경하는 것이 가능했다.

하지만 그렇기에 에일락 반테스는 행선지를 바깥으로 잡았다. 다가갈수록 막대하게 느껴지는 권능과 새로운 형태의 신성력이 물씬 느껴진 탓이었다.

'의지는 소실됐는데 권능만큼은 남아서 유지된다니…….'

옛 거인의 심장으로부터 말미암았다고 하더니만, 섭리와 이를 행사하는 힘은 있되 통제권을 지닌 주인이 없는 상태였다.

이른바 주인 없는 신전인 셈이었다.

만약 권능을 수습할 신물이나 그 파편만 있다면 이 영토 자체를 소유화하는 것도 가능할 것으로 보였다. 존재한다면 말이다.

만약 거인의 신물이나 파편이 남아 있었다면 천공수에까지 흑심을 품었던 곤바로스가 이런 알토란 같은 땅을 그냥 뒀을 리 없다.

'괜한 충돌을 자처할 이유가 없지.'

아더문을 만나서 용광검을 건네주고자 노력할 필요는 없었다.

자신이 자유롭게 활동하며 용광검을 쓰다 보면 자연스레 그가 찾아올 테고 그때 이를 선물하면 됐다. 그러면 알아서 난쟁이와 엘프가 반목할 것이다.

그렇기에 에일락 반테스가 찾아간 곳은 안식의 땅 너머에 바로 자리한 풍요의 대지였다.

자고로 욕망 중의 으뜸은 삶에 대한 집착이며, 이는 죽음의 순간에 극대화된다. 그리고 새로 얻은 삶은 결핍

된 욕망을 증명하는 형태가 되게 마련이다.

스팔라베의 남서쪽에는 암령족이라 불리는 우라곤들이 중심인 마을이 있었다.

농경의 르에르, 수확의 위시처럼 우라곤에게 붙는 명칭은 축조(築造)였다.

옛 거인의 발톱에서부터 이루어졌다고 연원한 이들 부족은 큰 덩치와 순박한 성정을 지녔다.

우라곤은 건설에 특히 큰 재능을 발휘하였기에 예로부터 크고 강건한 성부터 이름난 대건축물을 담당하곤 했다.

그러나 성은 곧 안락한 보호의 공간임과 동시에 침략자와 수성자 간의 치열한 접전이 벌어지는 전장이었다.

튼튼한 성을 만들고자 하는 욕망과 이를 붕괴하려는 전략 속에서 희생당하는 것은 그들이었다.

전쟁이라는 특수성 탓인지 발견됐다는 소문이 들릴라치면 권력자들은 이들을 집요하리만큼 찾아서 노예처럼 부리다가 끝내는 죽였다.

내 성을 지키기 위해서, 남의 성을 빼앗기 위해서, 이도저도 아니면 그 누구도 갖지 못하게 하기 위해서였다.

그 탓에 대지의 요정족 중에서 가장 강하지만 강제로 은거 아닌 은거를 강요받을 수밖에 없었다.

물론, 그런 일이 발생하면 그 영지와 국가에 가뭄이 들고 토양이 황폐해지며 과실수가 열매를 맺지 않는 보복이 있기는 했다.

그러나 당장 일부 위기에 몰린 세력가들은 자신이 살기 위해 어쩔 수 없이 우라곤을 찾고 가두는 상황이 반복됐다. 인간들의 피치 못할 사정이란 그렇듯 빈번하였다.

에일락 반테스가 찾은 곳은 풍요의 대지 한편에서 외로이 늙어 죽어 가는 한 우라곤의 집이었다.

젊은 시절 한쪽 눈과 팔을 잃을 만큼 모진 고생을 하고 스팔라베에서 여생을 보낸 그의 이름은 바스티스였다.

원뿔 형태의 집에 들어갔을 무렵, 바스티스는 마지막 숨을 내쉬는 중이었다.

본래 우라곤은 북슬북슬한 털에 튼실한 근육과 강철 같은 암회색의 피부, 이마에서부터 우뚝 솟은 외뿔이 인상적인 부족이다.

망치와 정을 들고 그 두 개면 못 짓는 것이 없으며,

허물지 못하는 것 역시 없었다. 하지만 바스티스의 몰골은 실로 말이 아니었다.

뿔이 있어야 할 자리엔 뿌리째 뽑힌 깊은 흉터만 남았고, 근육은 쪼그라들어 젓가락 같았으며, 털 역시 빠져서는 옅은 회갈색 피부를 드러낸 상태였다.

그가 눈꺼풀조차 들 힘이 없어질 무렵, 에일락 반테스는 반쯤 죽음의 강을 건넌 바스티스에게 물었다. 꿈결에서 속삭이듯 은근하고 조용한 어조였다.

[행복했던 때가 있는가?]

평상시였다면 갑작스러운 소리에 고개를 돌리고 누군지 쳐다보았을 것이다.

하지만 온몸의 기력이 빠져나가며 과거가 주마등처럼 스쳐 가고 있는 바스티스에게는 그저 저 세상에서 마중 나온 사신의 음성으로 여겨졌다.

그는 즐겁고 평화로웠던 때를 떠올렸다.

이에 맞춰 에일락 반테스 소통과 비밀의 시선을 동시에 사용하여 바스티스의 심층 세계를 함께 보았다.

계곡물 졸졸 흐르는 산골의 풀 내음이 맡아졌다.

징검다리와 그 너머의 오두막에서 기쁘게 뛰는 아이들이 보였다. 그리고 이를 흐뭇하게 바라보는 우라곤 가족이 있었으니 바스티스와 그의 부모였다.

거처 없고 홍수로 모든 것을 잃은 이들에게 새로운 집과 공간을 마련해 주고 흐뭇해하는 풍경이다.

어릴 적의 부모님은 무엇이든 가능하고 존경받는 훌륭한 분이셨다. 이들은 정령계보다는 물질계에 나오기를 즐겼다.

자신들의 능력으로 많은 이를 돕고 그들이 만족하는 모습이 곧 우라곤들의 기쁨인 탓이었다. 정령계에 비하면 감정의 기복이 큰 물질계야말로 이들이 원하는 장소였다.

[그 행복은 언제 마감됐는가?]

발가벗은 채 무더운 여름날 친구들과 계곡물에서 노는 모습. 아버지를 따라 밭을 오가며 리찌 나무의 통통한 새순을 벗겨 씹는 추억. 바위를 비롯한 만물의 결을 보고 이를 껴 맞추며 건축하는 기법을 배우던 기억.

이 모두가 물안개처럼 스러졌다. 그리고 홀로서기를 하며 화전민촌의 인간들을 돕던 도중 의식을 잃었던 때가 생생하게 떠올랐다.

강을 건너는 유일한 다리가 무너져서 이를 복원해 주었고 고마움의 인사로 준 맛 좋은 술을 거하게 마셨었다.

다음 깨어났을 때는 영주성의 감옥이었으며 탈출조차 못하도록 강력한 결계까지 쳐진 상태였다.

자신이 도운 화전민촌의 사람들이 바스티스를 팔아넘긴 것이다. 그때 정령계로 탈출하지도 못하며 지독한 학대당했다. 기술을 묻는 건 그야말로 시작에 불과했다.

나중엔 우라곤들의 몸과 능력을 알아보겠노라며 뿔과 팔을 잘랐다. 그렇게 모진 고문을 당하며 피폐해져 가던 중 실종된 자식을 찾아서 온 부모에게 구함을 받았다.

이후 바스티스는 홀로 바깥에 나가지 않았다. 인간들에 대한 증오를 비우느라 반평생을 보냈다고 해도 좋을 만큼 후유증은 컸다.

그런 바스티스를 다잡고 일깨워 준 이는 단연 스팔라스의 현자인 브라움이었다.

—복수는 복수를 부르네. 이미 자네의 원수는 죽은 지 오래 아닌가. 일부만 보고 인간 전체를 증오하는 것은 스스로 화와 독을 쌓는 행위일 뿐일세. 어머니이신 대지와 같이 모든 것을 품에 안게나.

화합과 이해, 소통이라 일컬어지는 지혜의 경구였다. 그렇게 바스티스는 마음을 비우고 내려놓으며 고요히

순리에 맞게 살았다.

에일락 반테스가 건드린 것은 간신히 아문 옛 상처였다.

오랜 시간을 통해 침전된 호수 밑을 긴 막대기로 휘젓듯 사념들을 떠오르게 했다.

[틀렸다. 익숙함보다 자연스러움이 옳다는 지혜의 경구를 명심하라. 감정에 충실한 것과 이를 억누르며 삭이는 것. 무엇이 자연스러운가? 사자가 풀을 뜯고 토끼와 함께 뛰어노니는 것이 대지의 뜻이고, 만물을 포용하는 사랑이더냐?]

그 물음에 바스티스가 혼미한 속에서도 웃었다.

어이가 없어서 저도 모르게 툭 튀어나오는 체념이었다. 자신이라고 그런 생각을 하지 않았겠는가.

하지만 요정족은 본질에 충실한 이들이었다.

탐욕하고 분노의 감정을 품을수록 심신이 나약해지고 쇠하였다. 섭리가 이를 허락하지 않았다.

[아니다. 이름을 버릴 용기와 결단력이 부족한 탓이겠지. 암시장의 이단아들처럼 욕심을 낼 자신이 없었던 거다.]

《그래, 난 겁쟁이다! 그래서 나보고 어쩌란 거냐. 나

혼자 뭘 할 수 있다고!》

바스티스가 발끈하여 소리쳤다.

《고작 갇힌 나 하나 구하려다 수많은 이가 죽었다. 성벽을 무너뜨려 봐야 저들을 죽일 순 없었단 말이다.》

어머니께 간절히 염원했었다. 힘을 달라고 빌었다. 그리고 어머니의 뜻이라며 브라움이 자신을 다독였다.

용서하고 비우며 참회하라 한다. 모든 것은 세월과 함께 잊히고 아물 것이라고 했다.

[너희의 성정이 유난히 순후한 탓이다. 물론, 그렇다 하여도 이후의 삶은 그대의 선택이었지. 묻겠다. 그대는 자신의 삶에 만족하는가?]

《꺼져라, 이 악마야!》

고개를 돌려 외면하듯 바스티스는 자신이 떠올리는 감정들로부터 회피했다.

이를 확인한 에일락 반테스가 왼손으로 그의 눈을 덮고 오른손을 가슴 위에 두었다. 이후 체내의 흠과 소통하며 숨법의 흐름으로 몸을 일깨웠다.

다음으론 일점집중의 권과 두두의 땅 구름을 그의 심상에 아로새겼다. 브라움을 통해 깨달은 분심공은 실로 다양한 방면으로 응용할 수 있었다.

여기에 비밀의 시선을 더하면 심층 세계에 간섭하여 상대의 정신과 과거까지 농락할 수 있을 만큼 강력한 효과를 발휘한다.

'마음만 먹으면 얼마든지 정예 병력을 양성할 수 있지. 어검술 정도는 불가능하지만, 신체 특성에 맞는 기술은 충분히 가능하다.'

극의와 극의의 조화가 만들어 내는 위력은 실로 활용하기 나름이었다. 에일락 반테스는 돌아가는 대로 부장들에게 자신의 스킬을 전수하고자 생각했다.

[오늘을 잊지 말게나.]

힘껏 주먹을 내지르고 발을 구르면 기적이 일어날 테니 말이다.

'힘이 없어서 참는 건 지혜가 아니지.'

가능할지라도 내지르지 않고 거두는 것. 넉넉할 때 인내하는 것이 지혜로움이었다. 그리고 그럴 수 있는 이는 세상 어디에든 흔치 않았다.

바스티스는 오래간만에 꿈을 꿨다. 울었던 모양이다. 그는 눈물을 닦으며 눈두덩을 어루만졌다. 그러다 벌떡 일어나 주위를 살폈다.

흐릿하던 정신이 맑았다. 눈가는 차가운 물에라도 들어간 양 서늘했고 벌떡 일어난 자신의 몸은 아프지 않았다.

삭신이 쑤신다는 표현대로 관절마다 쿡쿡 쑤셨던 그에게 이것은 정말로 큰 변화였다.

숨을 크게 마시자 흉부가 부풀 만큼 가득 들어왔다. 둔했던 감각이 젊은 시절만큼 예민해졌다. 꽉 죄는 근육의 느낌이 실로 신비로웠다.

혀를 굴려 마른입에 침을 적셨다.

빠진 치아 사이사이로 혓바닥이 오가는 것이 새삼스럽고 익숙했다. 점차 축축하게 침이 나와서 입안을 개운케 했다.

숨을 몰아쉴 때마다 내부에서 훔이 유동적인 흐름을 보였다. 본디 훔은 뭉쳐서 흐르게 하는 힘이 아니었다.

필요할 때마다 문을 열어 소통시키면 그만큼 대자연이 반응하여 적절한 도움을 주는 만물의 정기였다.

한데, 그 힘이 인간들이 쓰는 마력처럼 뭉쳐서 몸을 누비고 있었다. 생각해 보니 누군가가 다가와서 대화한 것 같았다.

그립고 애틋했던 감정과 시리도록 아픈 기억도 함께

휘몰아쳤다. 소중했던 추억에 떠올리기조차 싫은 악몽이 어우러진 기분이었다.

"빌어먹을!"

잊었던 기억과 생생한 고문의 고통의 뒤에는 행복하게 뛰어노는 화전민 아이들이 있었다.

그 여파일까, 몸 곳곳이 쿡쿡 쑤시고 아팠다.

가두고 팔을 잘라 내던 고문관들의 얼굴이 천진난만하고 고맙다며 술을 따르던 아이와 촌로들로 바뀌었다. 그놈이 그놈이고 인간이란 족속이 다 똑같아 보였다. 아니, 똑같은 게 확실했다.

"죽인다!"

자신도 모르게 분기탱천한 바스티스가 망상 속의 인간들에게 주먹을 내질렀다. 그리곤 자신도 모르게 주저앉아 버렸다.

원뿔 집의 천장에 구멍이 뻥 뚫린 것이다. 그 동그란 구멍을 중심으로 균열이 가더니 삽시간에 와르르 무너졌다.

멍하니 쏟아지는 잔해를 맞던 바스티스가 허공에 주먹을 내질렀다. 아무런 변화가 없자 다시금 생각만 해도 혐오감이 치미는 옛 기억을 떠올렸다. 그리고 내민 주먹은 큰 소리와 함께 정면의 나무를 부서뜨리는 괴력을 발휘했다.

씩씩거리며 발을 구르자 아래에서부터 땅이 폭발하기까지 한다.

마찬가지로 인간을 떠올렸을 때였다. 바스티스는 희열에 차서는 부르르 떨었다.

"어머니, 이게 당신의 뜻입니까!"

꿈에서 본 악마는 악마가 아니었다. 이번에는 후회하지 말라며 기회를 준 대지의 뜻이 분명했다.

"고맙습니다. 이번엔 절대 도망치지 않겠습니다."

아니라는 것을 내심 짐작하면서도 바스티스는 스스로 세뇌하듯 수십 번이고 반복하여 되뇌었다.

여기까지 지켜본 에일락 반테스는 자리를 이동하여 다른 대상을 찾았다. 현재까진 난쟁이족의 아더문과 우라곤족의 바스티스였다. 하나쯤은 더 있어 주는 게 좋았다.

위시 부족인인 클로나는 올해로 나이 이백쉰인 스팔라베의 농사꾼이었다.

이따금 풍년을 기원하는 축제가 열리면 놀러 가서 열

매를 탐스럽게 만들어 주는 다른 이들과 달리 그녀는 일평생 자신의 마을을 벗어난 적이 없었다.

겁이 무척 많고 생채기만 나도 호들갑을 떨 만큼 아픈 것을 싫어하는 이유였다.

클로나가 이토록 예민한 데는 어릴 적에 바스티스가 끔찍한 모습으로 돌아온 것도 한몫했다.

듬직하고 희망에 차서 나갔던 덩치 좋은 오빠가 어느 한 날 먹구름처럼 어두운 안색을 하고 붕대를 칭칭 감은 채 돌아왔다.

이후 바깥을 위험한 곳으로 여기곤 단 한 번도 나가지 않았다.

에일락 반테스는 수명이 아직 한참 남은 그녀의 집을 방문했다.

곤히 자는 위시 노파는 곱게 늙은 모습이었다. 소녀적 감성으로 꽃과 과일을 비롯한 장식물들이 가득했는데 에일락 반테스로서도 처음 요정족다운 요정의 집을 방문한 듯했다.

'주인 없는 집인 만큼 그 차이가 여실하군.'

사실 이상현이 위시 여인과 함께 경험한 정령계는 실로 동화적이며 아름다운 세계였다.

암시장만 해도 노블레스 급은 더없이 화려하지 않았던가.

상상하는 대로 모든 것이 이뤄지는 동심의 세상이 그곳이었다.

그런데 축복받은 대지라는 스팔라베는 비옥한 토양과 기후는 있을지언정 상상대로 이루어지는 자유로움은 없었다.

오히려 신분 계층이 확실하고 노동을 해야 하는 것이 꼭 인간들의 왕국처럼 현실적이었다.

이는 스팔라베 자체가 가장 초창기 형태의 신전인 이유였다. 생성만 되고 기본 골자만 있지, 유지되며 발전된 양식은 없었다.

만약 이 땅의 신이 존재했다면 여러 가지 편의를 갖췄을 테지만 그게 없으니 양쪽의 문화와 생활에 차이가 생겼다.

하지만 이것이 꼭 단점만은 아니었다.

정령계는 사실 오래 머무르면 종속되어 자아를 상실하는 문제가 있었다.

불의 특성이 있는 요정이 불꽃의 속성을 지닌 정령이 되고, 나중엔 불꽃이라는 자연현상이 되어 버린다.

반대로 스팔라베의 요정족은 물질계 한 곳에서 정령계 못지않을 정도로 풍요로운 땅을 떡하니 가진 셈이니 굳이 애쓸 이유가 없었다.

자기 호기심으로 나갔다가 붙잡히는 사고를 당할지언정 주기적으로 나가야만 하는 제약이 없다. 호기심 탓에 결국 후회할 일을 만들고 말이다.

에일락 반테스는 가만히 클로나를 보더니 비밀의 시선으로 그녀의 의식에 접촉했다.

주렁주렁 열매가 열리고 꽃이 무성하게 핀 언덕에서 클로나가 말했다.

《어? 제가 죽을 때가 된 건가요? 이상하다, 많이 빠르네요. 뭐, 잘됐네요. 오늘 가나 내일 가나 그게 그건걸요. 근데 어머니께서 보낸 전령치곤 수더분하게 생기셨네요? 망토에다 낫이라도 걸치고 있는 줄 알았거든요.》

곤히 자는 꿈결에서 그녀는 유쾌하게 물음을 던졌다. 확실히 음울하고 수명이 다해 가던 바스티스와는 다른 정신 상태였다.

이상현의 기억 탓일까, 위시 여인이 떠오르며 새삼 반가운 마음마저 들었다. 에일락 반테스는 옅은 웃음으로 화답하며 질문했다.

[그대는 죽음이 두렵지 않은가 보군.]

《여기나 어머니의 품이나 평화롭긴 매한가지일 테니까요. 전 잘못 같은 거 안 했으니까 마계로 쫓겨날 일은 없잖아요?》

[자신의 삶에 만족하는가?]

굴곡 없는 삶이라, 좋았던 추억은 가득해도 그다지 어렵고 힘든 기억은 없었다.

당연히 대답은 만족한다였다. 하지만 최근 들어 살짝 다른 마음이 들긴 했다.

《그럭저럭이요. 나쁘진 않은데 찾아보면 아쉬운 거 하나가 있는 정도랄까요?》

[가슴 뛰는 삶을 살지 않은 거겠지? 여행 말이야.]

언덕의 꽃밭에 에일락 반테스가 앉았다.

너풀거리는 옷을 날개처럼 펄럭이며 천천히 날고 있던 클로나는 자신을 데리러 온 사신에게 꽃차를 따라 주며 대답했다.

《사실 제가 겁이 많은 것도 그렇지만 실망할까 봐서 안 나간 것도 있어요.》

[기대만큼의 모습이 아닐까 봐서군?]

《와! 맞았어요. 사실 정말 보고 싶은 곳이 있거든요. 위험한 바깥세상 말고 영험한 성지죠.》

마음에 따라 외모가 정해진다면 그녀는 천상 소녀였다.

스팔라베 중심에 자리한 신령한 곳. 거인의 심장이 대지의 숨결과 함께 뛰는 중심부였다.

이종족들이라면 대부분이 세례 의식 때문에 방문하는 그곳이 클로나에게는 일생일대의 목표이자 가 보고 싶은 여행지였다.

그런데 두 가지가 고민이었다. 하나는 기대만큼 영험하지 못하면 어떨까, 하는 것. 둘은 그곳을 보고 나면 이제 무슨 꿈을 꿀까, 라는 거였다.

《이렇게 오늘 죽을 줄 알았으면 보고 올 걸 그랬지만요.》

짐짓 아쉬워하는 그녀에게 말했다.

[아직 늦지 않았다. 나는 기회이자 선물을 주기 위해 찾아왔거든. 축복받은 대지에서 살면서 한 번도 찾아오지 않는 누군가를 위해서 말이지. 지금의 아쉬움이라면 바깥으로 나갈 용기는 채워졌을 거다.]

《어머니께서 보내신 거예요? 하지만 바깥은 위험한

걸요. 간혹 인간들이 말썽도 피운다고 하고 난쟁이들도 신경질을 자주 낸대요.》

[걱정할 필요 없다. 너를 위해 선물을 가져왔으니까.]

그리고 자신의 심득을 정리하여 복사하고 붙여 넣듯이 대지의 뿌리를 전했다. 클로나는 대지의 뿌리를 전해 받고 놀라워하다가 이내 시무룩하게 말했다.

《다치진 않겠어요. 하지만 강도가 나타나면 어떻게 하죠?》

맞아도 맞아도 아프진 않을 테지만, 언제까지고 괴롭힘을 당하기만 하면 어떻게 할까.

[이걸로 밀쳐 내고 날려 버리면 된다.]

쇼크웨이브를 추가로 전했다. 정면으로 밀쳐 내고 때론 역중력을 걸어서 위로 날려 버리는 거였다. 이른바 눈에 보이지 않도록 멀찌감치 치워 버리는 스킬로 이만큼 좋은 게 또 없었다.

대신 중력 가중은 제외했다. 자칫 잘못 사용하면 눈앞에서 확 찌그러지고 터지는 모습이 나올 수 있는 탓이다.

실로 목불인견의 참상이니 자칫 클로나가 겁을 잔뜩 먹을 수 있었다. 그래선 곤란하다.

에일락 반테스가 클로나에게 바라는 모습은 그녀가 천진난만하게 여행하는 것이었다.

바깥세상이 아름답고 위험할 것이 하나도 없다는 인식을 주면, 뭣 모르는 나약한 이들은 이를 흉내 내다가 사고를 당하게 마련이다.

그런 희생들이 모여 공분이 되고 갈등은 더욱 커진다. 꼭 처절하고 한 맺힌 복수만이 파탄을 일으키는 것이 아니다. 여기에 여행의 기동성을 살리기 위해 풍류보의 보법을 전달했다.

《정말 좋네요!》

연신 우와! 우와! 하며 감탄사를 연발했다. 마지막으로 보여 준 것은 서쪽으로 드넓게 펼쳐진 대륙의 지도였다.

차가운 북쪽을 지나서 비옥하며 다양한 문화와 문물이 겹치는 인간들의 제국을 상세히 보여 주었다.

이 지도와 호기심이 언제고 그녀를 서쪽으로 이끌 것이다. 다른 이들에게 말하기라도 하며 은근히 전해질 터다.

에일락 반테스는 클로나가 깡충깡충 뛰는 것을 보고는 접촉했던 의지를 거두었다. 그리고 바스티스에게 그랬듯이 그녀의 눈을 가리고 가슴에 손을 얹은 뒤 숨법을 개통시켰다.

"꿈?"

깜빡하고 눈을 뜬 클로나는 통통 튀듯이 일어나서는 문득 공기층을 탁 밟았다.

일순간 그녀의 몸이 희끗희끗해지더니 맞은편 창문 커튼에 콩 하니 박았다.

코를 만지며 바닥에 벌러덩 누운 그녀가 얍! 하며 손을 위로 뻗었다.

펑! 하더니만 물결치는 공기가 커튼을 나부끼게 하였다.

"아니네? 진짜였어?"

멀뚱히 있다간 반색해선 깡충 뛰었다. 그리곤 넓은 목판을 꺼내서는 친구들과 만나고 싶었던 이들의 이름을 쭉 적었다.

우선은 신령한 땅에 가 보는 게 먼저였다. 그다음엔 한결같이 마을에만 있는 자신과 달리 놀러 가겠다면서 안 돌아온 그리운 이들을 보고 싶었다.

티지아는 옆 마을에서 자주 놀러 왔던 르에르 부족의

친구였다.

선홍색 단풍잎을 좋아하는 자신에게 예쁘게 모아서 주곤 했는데, 이따금 송충이 같은 벌레를 어깨에 잔뜩 달고 와서는 머리에 떨어뜨리는 장난을 치곤 하였다.

다음엔 또 누가 있었나, 한참 쓰고 난 클로나가 집 곳곳을 돌며 필요한 물건들을 잔뜩 챙겼다.

큰 보자기에 찻잔, 주전자, 꽃잎 베개, 이불, 갈아입을 옷, 심심할 때 볼 책, 이따금 불 피리에, 직접 뜨개질한 옷가지까지 가득이었다.

세간을 몽땅 옮긴 듯한 큰 보따리를 주머니에 쏙 넣은 그녀가 아차 하며 얼른 물건들을 다시 되돌렸다.

"바보 같으니. 그냥 집을 가져가면 되잖아."

작은 장식물은 물론, 거짓말 조금 보태면 굴러다니는 먼지 하나까지 눈에 선하게 그릴 수 있었다.

추억이 배어들지 않은 곳이 없을 만큼 한 몸 같은 집이기에 예쁘게 접어서 넣는 게 가능했다. 곧 집이 있던 자리에는 덩그러니 편편한 터만 드러났다.

클로나는 그 상태로 두 팔을 활짝 펴고 햇볕을 맞이했다. 살짝 건조해지는 것 같아서 촉촉하게 물을 적시기까지 했다.

"정말 좋아."

시원하고 한편으론 또 따뜻했다. 풍요의 대지를 감싸는 온기를 만끽하는 그때, 쭈글쭈글한 르에르인이 오다가 물었다.

"할망구, 지금 뭐해?"

"꽃에 물 주는 중~"

"……언제 철이 들꼬."

성성한 백발을 노끈으로 대충 묶은 웰지였다. 고개를 휘휘 젓던 그가 휑하니 사라진 집터를 보다가 물었다.

"집 어디 갔누? 설마 여행하려는 거여?"

"어. 신령한 땅에 다녀와 보려고. 할아범은 오래전에 다녀왔댔지?"

"그야, 그랬었지. 한데, 그렇게 가자고 할 때는 내둥 싫다더니만 갑자기 뭔 바람이 불었어?"

"소녀의 마음에 선선한 봄바람이 불었다랄까?"

"……대관절 나이는 어디로 처먹은 건지 원."

갑자기 머리가 아픈지 관자놀이를 움켜쥐었다. 클로나는 그런 그에게 손을 흔들며 부탁했다.

"내가 키우던 진론 나무 좀 돌봐 줘. 금방 다녀올 거니까."

"아니, 할망구. 잠깐만 서 봐. 지금 되게 이상한 거 알아? 평소엔 그렇게 무섭다며 한사코 거절하더니 갑자기 왜 그러는데? 어디 아파? 누가 죽었대? 대신 알아봐 줘?"

"꿈에 어머니의 전령이 나오셨어. 나만 안 왔다고 한 번 보자고 하시는데 어떻게 안 가겠어? 그러시면서 이런 것도 알려 주셨는데."

클로나의 발이 몇 번 움직이더니만 대번에 웰지의 앞에 나타났다. 뒤이어 깜짝 놀라는 그에게 말했다.

"아참! 할아범. 확인해 볼 게 있어. 나 여기 좀 힘껏 때려 줘."

"때려 달라고? 갑자기 그게 무슨 말인가? 허허, 이거 정말 안 되겠어. 내가 좋은 약이 있으니 얼른 가져다줌세."

"아니라니까. 어머니가 여행하는 데 도움 되라며 맞아도 아프지 않은 비법을 전수해 주셨단 말이야. 나 대신 어머니께서 품어 주시는 거야."

"이젠 말도 제대로 못 하는구먼. 지금 제 입으로 무슨 말을 하는지 잘 모르지?"

모자란 동생 대하듯 하는 웰지에게 클로나가 손을 힘

껏 뻗었다. 곧 붕 떠오른 웰지의 몸이 뒤로 훌쩍 날다가 위로 솟아올랐다. 클로나의 손동작에 따라서였다.

"이게 무슨!"

"이래도 안 믿을 거야?"

"그만하고 얼른 내려놓기나 해!"

"그건 안 가르쳐 주시던데?"

"이런 모자란 할망구야!

버둥버둥거리다가 바닥에 부딪히기 직전에 위로 붕 떠오르기를 반복했다. 이를 몇 번이고 한 끝에 나무줄기로 날아간 웰지는 간신히 몸을 추스를 수 있었다.

"아이고, 허리야. 나 죽네, 나 죽겠어."

연신 허리를 두드리는 그를 보고 클로나가 얼른 자리를 내뺐다.

"할아범, 진론 나무들 잘 부탁할게!"

잡히지 않는 거리에서 소리쳤다.

마을 어귀의 개울가에 다다랐다. 클로나가 돌아다닐 수 있는 최대치의 한계 지점이 바로 이곳이었다. 아래쪽에 있는 나무다리로 건널 수 있고 위시 부족은 훌쩍 뛴 다음 바람을 타고 살랑거리며 날아가도 충분했다.

하지만 무서워서 넘지 못하였던 곳이 바로 저 개울이

었다. 눈을 질끈 감은 클로나가 풍류보라는 이름의 보법을 밟았다.

눈 깜짝할 사이에 지나고 나니 참으로 별것 아니었다. 그녀는 살그머니 되돌아가서는 개울물에 자신의 얼굴을 비쳤다.

추억 하나가 아련히 스쳤다.

개울에서 발가벗고 장난치던 어린 시절. 짧은 그 시절 이후 꾸부정한 허리에 주름 가득한 위시 부족 여인이 되었다. 그러고 보면 팍삭 늙은 그때부터 친구들이 어디론가 가고 멱을 감던 이들도 함께하지 않았었다.

"그 언니는 젊음을 찾았으려나?"

이런 건 싫다며 뛰쳐나가고 타락하여서는 다른 신과 계약했다고 들었는데 잘 살아 있는지 궁금해졌다. 클로나는 개울물에 비친 자신의 얼굴을 주무르며 웃는 표정을 지었다.

"괜찮잖아?"

자기애(自己愛)가 충만한 그녀답게 금방 기운을 충전했다.

"세상에, 클로나 님이 여기까진 어쩐 일이세요? 무슨 일 있나요?"

나뭇가지가 휘청이는가 싶더니 호리호리한 체구의 한 여인이 내려왔다.

뾰족한 귀에 잎사귀로부터 뽑아낸 쪽빛의 천 옷을 입은 숲의 요정이었다.

“응. 성지에 가려는 중이야. 꿈에서 어머니의 전령이 나오셔서는 불렀거든.”

“그러시군요. 혹시 길 안내가 필요하세요? 마침 저희도 성지에 연락할 일이 있던 참이었거든요.”

“어? 이상하지 않아? 웰지는 내가 나가는 게 되게 신기하다고 막 물어보던데.”

클로나의 물음에 그녀가 의아해했다.

“당연한 거 아닌가요? 대지의 부족 중에서 신령한 땅에 한 번도 가지 않는 이는 없으니까요. 클로나 님이 조금 늦게 간다고 문제될 건 없다고 생각해요.”

“그렇지? 맞지? 이렇게 착한데 왜 난쟁이들이나 다들 너희를 싫어하는지 모르겠어.”

그녀가 반색했다. 느지막하게 들어왔을 뿐인 이들 숲의 요정족은 어려운 일도 도맡아서 하고 외부 경계도 철통같이 하는 등 여러모로 헌신적이었다.

그런데 심술 맞게도 난쟁이들은 자기 일을 뺏겼다며

매번 화를 내기 일쑤였다.

일이 줄었으면 좋은 건데 말이다. 잘 못하는 것도 아니고 매우 잘하는 상태이기까지 했다. 질투하는 게 분명하다.

“그런데 무슨 일이야?”

“스팔라베가 서서히 오염되고 있어요. 검은 숲에서부터 그 조짐이 느껴지고 있죠. 외부의 몬스터가 유입되는 건 불가능하지만, 환경이 오염되고 그 영향이 안에까지 스며들고 있는 상황이에요.”

선지자에게 물어서 근본적인 대책을 마련할 때라고 하였다.

“요즘 곳곳에서 일이 발생하는 바람에 몸이 하나인 게 원망스러울 정도예요. 그래도 이곳만큼은 저희 고향처럼 만들 수 없죠. 마지막 낙원이니 꼭 지킬 거예요.”

“내가 도와줄 순 없고, 웰지한테 말해서 내 과수원에서 마음껏 따 가라고 해 둘게. 내가 키운 진론은 아주 좋거든. 맛있으니까 그거 먹어.”

“말씀만이라도 고마워요.”

뒤에서 응원하고 통통 튀듯이 클로나가 떠났다.

예상대로였다.

특별한 능력이 생겼지만, 클로나는 자신의 여행을 위한 것일 뿐, 스팔라베를 위해서 그 힘을 써도 된다는 생각은 조금도 하지 않았다. 그건 저들의 몫일 따름이다.

저런 식의 합리화가 딱 그가 의도했던 바였다. 단정짓는 이들치고 진중하고 혜안이 깊은 이들은 없으니까.

[이제 슬슬 내 차례인가.]

용광검의 활약이 있을 순서였다. 최대한 떠들썩하게 일을 벌인 뒤 그 위력을 검으로 돌리는 것으로 종료다.

이를 위해 에일락 반테스는 중심지에 자리한 난쟁이들의 마을, 눌반을 찾았다. 마침 가는 마편이 있는지라 부탁하여 짐칸에 얻어 탈 수 있었다. 이제 이른바 도장깨기와 같은 일을 해야 하기에 행적을 드러내고 움직이는 편이 좋았다.

"일손은 여기가 더 많을 텐데? 눌반에선 밭 가는 일 따위에 인간을 쓰지 않아."

[실력을 검증하고 강자를 찾으려 하오.]

검을 툭툭 치며 말하자 마부가 크게 웃었다.

"노망들었나 보군. 데려가면 심심하진 않겠어. 좋아, 끼니 마련이랑 잠자리 정돈, 불침번까지 네가 맡는다면 태워 주마. 어때?"

에일락 반테스는 이를 승낙하고 짐마차에 올랐다.

몸을 누이고 지금까지의 심득을 정리한 지 얼마였을까. 시간이 꽤 흘렀는지 중년의 난쟁이 마부가 그를 불렀다.

"이봐, 늙은 인간! 거참. 잠도 어지간히 처자는군. 하도 시체처럼 자는지라 점심은 내가 관대하게 넘어가 줬지만, 저녁까지는 안 돼. 얼른 움직여라. 확 버리고 가기 전에 말이야."

하늘을 가리켰다. 해가 저물어 가는 것이 삽시간에 밤이 찾아올 시간이었다. 그의 재촉에 에일락 반테스는 야영 준비부터 서둘렀다. 브라움의 기억을 잠시 읽으며 스팔라베의 특징과 이곳 인간들의 행동 습관은 숙지한 상태였다.

장작을 모으고 모닥불을 피웠다.

[침낭은 없소.]

낮은 계급인 인간에게는 여러 가지로 허락되지 않은 것이 많았다. 잠자리 역시 그중 하나이기에 망토나 두르고 바닥에서 자면 그만이다.

"나한테 있어. 먹을 거나 가져와."

냄비와 국자를 비롯한 식기를 꺼내는 마부를 대신하여 음식재료 장만에 들어갔다. 먹을 수 있는 과실이 풍성하니만큼 적당히 따 가면 됐다. 여기에 물소리에 집중하여 계곡을 찾았다.

'내 능력은 철저하게 검에 기댄 것으로 보여야 한다.'

역중력을 사용하거나 발만 한 번 굴러도 다 해결되지만, 극적인 효과를 연출할 필요가 있었다. 그는 전통적인 방법으로 물고기를 잡았다.

밤에는 물고기도 잠을 잔다. 물살에도 움직이지 않고 가만있는 이것들을 조용히 손으로 움켜쥐어 넓은 돌 위에 던졌다. 잡은 물고기들을 윗옷을 벗어서 가득 담고 야영지로 향했다.

도중에 더덕도 캤다. 싹이 늘어진 나무를 타고 오른 이것을 이곳에서는 라드라 표현하지만 맛과 향은 같은 종자였다. 뭉툭하게 뭉친 모습에서 이곳에선 못난이 라드, 저쪽 세계에선 까치 더덕이라고 한다.

남은 일은 모닥불에 바람을 훅 불어 키운 뒤 이를 손질하고 요리하는 거였다. 난쟁이 마부가 이죽거렸다.

"역시 인간 놈들이 먹는 건 잘 찾는다니까."

껍질도 벗기고 내장도 손질하여 쭉 훑었다. 매끈히 다듬은 나뭇가지에 생선을 꿉고 향신료로는 크릴 풀잎을 사용했다. 손으로 비벼 가루를 뿌리자 비린내 대신 제법 맡을 만한 향내가 났다.

이를 먹고 뒷정리까지 도맡아서 했다. 이는 마차 여행이 계속되는 일정 동안이었고 마부는 에일락 반테스를 일 잘하는 늙은 인간으로 생각했다.

다만, 허리에 덜렁거리며 찬 검만큼은 절대로 보여주지 않는 괴팍한 녀석으로 인식됐다.

스팔라베에서 난쟁이들은 여러모로 뛰어난 손재주와 탁월한 전투 본능이 있어 무력을 담당했다. 물론, 이들의 전투력이란 것이 대지의 종족 중에서 가장 뛰어난 정도이기는 했지만, 특유의 완력과 땅을 이용하는 기법만큼은 여느 스킬 못잖은 위력을 자랑했다.

제국의 문신술과 비견해도 손색이 없는 것은 지속성이었다. 다른 존재로부터 힘을 빌어 오거나 잠재력을 폭발시키는 방식이 아니기에 사용하는 힘을 정신력이 다하는 한 끊임없이 사용할 수 있었다.

'용병교습소 같군.'

스팔라베의 무력을 담당한다는 자부심은 근래 숲의

여인들로부터 도전받는 중이었다. 그 탓에 난쟁이들의 마을인 눌반에는 갓 만들어진 신축 건물들이 여럿 있었다.

전투술과 사냥 기법은 물론 탐지, 마도구 사용법을 포함하는 다양한 훈련소들이었다. 개중 가장 크고 드나드는 이들이 많은 곳이 미토션 훈련소였다. 아마도 미토션이란 저 이름은 스승격인 난쟁이의 이름으로 짐작됐다

'엘프 타도!' 라는 문구가 보일 만큼 박력 넘치는 그곳의 문을 에일락 반테스가 두드렸다.

인간은 대상으로 치지도 않은 터라 입구는 물론 접수대의 모든 크기가 아담하고 작았다.

"어? 이봐, 누가 변소 청소부 불렀나?"

접수대의 난쟁이가 뒤쪽에 묻더니 대답을 듣고 손을 휘저었다.

"아니라는군. 오늘 안 불렀다니까 나중에 다시 와봐."

[훈련소 깨기를 하러 왔소만?]

정중한 어조지만 내용만큼은 도발적이었다. 이를 들은 난쟁이가 멈칫하더니만 귀를 후볐다.

"뭐라고? 뭘 깨?"

[명성이란 걸 쌓는 데에는 이 방법이 제일 빠르다고 하더이다. 하여, 조금 미안한 짓을 좀 하려고 하오.]

"너, 미쳤냐?"

안색을 싹 바꾼 그의 말에 에일락 반테스가 담담하게 검을 들어 보였다. 하여간 평생토록 겪어 본 적 없는 멸시와 무시를 최근 풍성하리만큼 경험하는 중이었다.

"안 되겠다. 그나마 내 손에 맞는 게 제일 안전하게 끝나는 거야. 얼른 꺼져."

접수대의 난쟁이가 훌쩍 몸을 날려서는 발로 걷어차 왔다. 이를 팔로 막으며 고통스러운 신음과 함께 물러난 그는 검을 뽑아서는 단번에 휘둘렀다.

검에 새겨진 용이 번쩍 눈을 떴다. 위에서 아래로 가르는 검격에 빛으로 둘러싸인 용 한 마리가 세찬 물결처럼 뻗어 나갔다. 대번에 접수대를 찢어 버리고 비늘 하나로 난쟁이를 날려 버린 뒤 뒤편의 건물까지 관통했다.

"지진인가?"

"뭐냐! 어떤 놈이 행패를 부리는 거야!"

휑하니 뚫린 구멍을 따라서 난쟁이들이 머리를 내밀었다. 갑옷을 입고 도끼창을 든 이들부터 땅이 출렁이더니만 그 속에서 솟구쳐 나오는 이까지 속출했다. 대지를 이용한 기술에 다양한 응용법이 있어 보였다.

“늙은 인간, 설마 네가 저지른 거냐?”

저들의 추궁에 그가 수긍했다.

[맞소이다. 난쟁이들의 무력을 확인하고 그대들이 과연 인간보다 우위에 있는지 확인하고자 찾아왔소.]

“뭐가 어쩌고 어째?”

“이 새끼가, 다짜고짜 기습이나 해 대고는 터진 주둥아리라고 그리 떠들어댄단 말이지?”

[정식으로 대결을 요청하니 다짜고짜 공격해 오더군. 그래서 반격한 것에 불과하오.]

그 말에 저마다 맞다며 소리쳤다.

“당연하지. 그딴 망발을 하는데 가만 놔두면 그게 미친 거지.”

“그래도 나름 한 수는 있는 모양이니 내가 상대해 주마.”

“아니에요. 스승님까지 나설 것 없이 제가 해결할게요.”

소매를 걷어붙이는 이들부터 호기롭게 나서는 어린 난쟁이도 나타났다.

[어떤 방식으로 대결하면 되오?]

저들이 비웃었다.

"인간 따위랑 대결은 무슨 대결. 건방진 짓을 했으니 넌 이제 죽었다고 생각하면 될 거다."

"백 년은 노예로 부려 주지."

그러며 흉흉한 기색을 띠고 다가왔다. 에일락 반테스는 정중히 예를 취하며 말했다.

[시작한 걸로 알리다.]

이윽고 티 나게 그가 검을 고쳐 잡았다. 새겨진 용의 문양이 뚜렷하게 보이도록 했다.

이후 에일락 반테스의 몸이 아닌, 검에서부터 일렁이는 빛이 발산됐다. 용의 눈이 뜨이듯 광채가 어리더니 이내 출렁이는 기운이 검신을 타고 용솟음쳤다.

[나도 얻은 지 얼마 안 돼서 말이지. 죽지 않도록 조심들 하기를 바라오.]

엉성한 자세를 잡은 그가 횡으로 검을 휘둘렀다.

방출이라는 말이 맞을 것이다. 한도가 없는 양 무한정 뻗어 나간 용이 3층 건물의 외벽을 싹 훑었다.

끝의 현판은 물론, 지붕 역시 집어삼켰다. 이 두려운 위력이 어디에서부터 발원했는지 눈이 있는 자라면 보지 못했을 리가 없었다.

“저 검을 뺏어!”

머리를 감싸 쥔 이부터 느닷없는 사태에 혼비백산하는 이들까지 그야말로 천태만상이었다.

다치는 이 없도록 잘 조절한 에일락 반테스는 부서져 내리는 현판을 밟았다.

“아니, 저놈을 죽여!”

풀풀 날리는 먼지를 털어 내며 난쟁이들이 메뚜기처럼 뛰었다. 갑옷이나 무기에 박혀 있는 보석이 번뜩였는데 그때마다 이들의 흉이 증폭해서는 삽시간에 강력한 검기처럼 날카롭게 쇄도했다.

에일락 반테스는 주춤거리며 물러나다가 이내 눈을 질끈 감았다. 그리고 힘껏 땅바닥에 검을 박았다.

마력의 운용은 정밀하게. 동작은 어설프게였다.

‘이렇게 몸을 쓰기가 오히려 어렵군.’

완벽에 이른 조화로운 검술이 행여 묻어 나기라도 할까 여간 조심하는 게 아니었다. 다섯 마리의 용이 원형을 두르며 철저하게 그의 몸을 휘감았다.

방공호처럼 견고하게 두른 용들은 난쟁이들의 공격을 씹어 먹어 버리더니 크기를 불려서 저들의 무기를 분쇄

했다. 칭칭 감긴 이들의 갑옷은 찌그러지고 보석이 깨지기까지 하였다.

어떻게든 파고들며 공격하려던 난쟁이들은 몸부림치는 용의 몸짓에 내팽개쳐졌다.

사각이란 없었다. 땅속에 들어가도, 자세를 낮춰도, 껑충 뛰어올라도 모두 용의 아가리에 물리고 얻어맞고 말았다.

"실력은 병신인데 검 때문에 어쩔 수가 없다니!"

큰 줄을 넘듯 회피하며 발악했다. 그즈음 땅거죽이 출렁이더니 불쑥 융기한 흙더미 속에서 포탄처럼 창이 날아들었다.

"미천한 인간 새끼가 감히 내 훈련소에서 행패를 부리는 거냐!"

미토션의 등장이었다.

그는 두 자루의 단창을 결합하여 겨누더니 원심력에 훔을 더해 희끗희끗한 창의 잔영을 만들었다. 원반을 두른 듯한 창 그림자는 이내 미토션의 몸 전신을 휘감으며 소용돌이쳤다.

"오! 나왔다! 나락 질주! 성지 수호대의 이전 부대장이셨던 미토션 님의 기술!"

"걸리면 그 무엇도 버티지 못하…… 는?"

극찬을 아끼지 않던 이들의 입에서 바람 빠지는 소리가 나왔다. 와락 달려든 두 마리의 용에게 콱 물려서는 그대로 날아간 탓이었다.

[한낱 인간한테 앙갚음을 하거나 기습을 하지는 않겠지. 나중에 언제든 대결합시다. 그 도전은 받아드리겠소.]

광란의 몸부림을 보이던 용은 에일락 반테스가 검을 뽑는 행위와 함께 사라졌다.

이후 그는 신줏단지 모시듯 검을 갈무리한 뒤 자리를 이동했다.

같은 행위가 거듭 반복됐다. 눌반 최초이자 스팔라베에서 처음 일어난 훈련소 깨기의 일화였다. 그리고 조금씩 엉성하던 검술에도 체계가 잡히며 궤적이 예리해지는 모습을 연출했다. 마치 검이 스스로 길을 찾아가는 듯한 모양새였다.

소문은 쉬쉬하며 눌반을 맴돌았다.

바깥까지는 돌지 않았는데 이는 창피하여 저들이 철저하게 입조심을 시킨 탓이다. 난쟁이들은 다른 부족들이 알기 전까지 어떻게든 에일락 반테스를 쓰러뜨리고 설욕할 마음이었다.

“미토션이 깨진 거 들었나? 카벤은 또 어떻고. 어설픈 인간한테 그대로 박살 났다지? 근데 그게 검 때문이라는 건 뭐야? 드래곤 소드라니?”

“말도 마. 휘두르기만 해도 쇠를 으깨 버리고 검술마저 발휘하는 엄청난 검이 있다고 하는군. 늙은 인간이 그걸 얻고는 저렇게 날뛴다고 해.”

“어디서 났는데?”

“모르지. 하지만 스팔라베에서 나왔으니 당연히 대지의 검이지 않겠어? 거인의 손톱이나 이빨 같은 신물일 수도 있고.”

“그런데 왜 그 건방진 놈을 마냥 보고 있는 거냐?”

“만만해서.”

“그게 무슨 소리야? 죄다 깨졌는데 만만하다니?”

“직접 보면 알아.”

대화하던 이가 친구를 데리고 들어간 곳은 주점이었다.

왁자지껄한 그곳에 테이블 크기에 맞지 않게 큰 체구의 인간이 앉아서 맥주를 마시고 있었다. 기분이 좋은 듯 실실 웃던 그가 이내 고기를 뜯더니 입을 크게 벌리고 하품했다.

꾸벅꾸벅 졸기 시작하였다. 아래로 숙여지던 고개가 쿵 하며 테이블에 처박혔다. 그와 함께 짐짓 떠들썩한 것 같던 분위기가 묘하게 가라앉았다.

힐끔힐끔 한쪽을 다들 보았다. 탁자에 고꾸라지듯 엎어져서는 드르렁드르렁 코를 골기까지 하는데 그러면서도 검만큼은 가슴에 꼭 안고 있었다.

“어때, 쉬워 보이지?”

누구라도 가서 검을 가져오기만 하면 바로 끝날 것처럼 허술했다.

“검사라면 탁 건드리는 순간 반응하는 거 아니야?”

“아니, 드래곤 소드 때문이라서 전혀 아니야.”

이를 들은 주점의 주인이 다들 보라는 듯이 나섰다.

“이봐, 늙은이. 방에 들어가서 퍼 자야지 뭐해?”

주인 난쟁이가 흔들어 깨우며 슬쩍 검을 잡았다. 그리고 살며시 뽑아서는 검날을 이리저리 비췄다. 예리하고 투명한 검신과 예기가 흐르는 검날이었다.

정교하게 새겨진 용의 문양이 품격을 더하는 명검에 지켜보던 이들이 절로 감탄했다.

한번 휘둘러볼까, 하며 팔을 올리자 사방에서 죽일 듯한 시선이 쏟아졌다.

"알아, 안다고. 그냥 확인만 해 보려고 한 걸세."

"헛 수작 부리지 말고 나오기나 하쇼."

"거참 성질머리들 하고는."

다른 이들에게 말한 주인장은 그 검을 다시 검집에 꽂았다. 이런 일들이 일어났었는데도 세상모르고 늙은 인간은 잠을 잘 따름이었다.

검은 누구라도 뺏을 수 있었다. 하지만 보는 눈이 많고 노리는 이들이 넘쳤기에 아무도 건드리지 않는 상태였다.

"저러다 눌반을 떠나면 어떻게 하지? 이제 훈련소도 몇 남지 않았다던데 말이야."

"그러면……."

모두 대답해 주던 친구는 그 질문에는 언급을 피했다. 질문했던 난쟁이는 얼버무린 내용이 무엇인지 이내 쉬이 알 수 있었다.

시신으로 만들 거라는 거였다. 결코 늙은 인간은 살아서 빠져나갈 수 없을 것이다. 그렇기에 그가 죽는 시점은 눌반을 벗어나는 바로 그때였다.

이윽고 이들의 대화는 바로 현실로 나타났다.

훈련소 깨기를 한 지 닷새가 지났을 때, 늙은 인간은 산길에서 시체로 발견됐다. 흥건하게 피를 흘리고 벌거벗겨진 모습이었는데 후두부에 돌을 맞은 것이 직접적인 사인이었다.

"아니, 그런 힘을 썼으면서 몸이 이렇게 약골이란 게 말이 돼? 대관절 이 늙은 인간은 어떤 놈이 데리고 온 거야?"

"난들 아나. 잡아서 검이 어디서 나온 건지 물어보기라도 하려고 했는데."

"어떤 비겁한 놈이 기습했나? 이러면 영락없이 우리 탓으로 몰릴 텐데, 숲의 계집들이 엄청 씹어 대겠어."

난쟁이 전사들이 연신 씩씩거렸다. 표현은 않았지만 선수 친 놈에 대한 원망하는 기색이 역력했다.

그러나 이미 일은 마친 상황이고 죽은 자를 되살릴 수는 없었다. 이들은 늙은 인간의 시체를 들고 와서는 땅에 고이 잘 묻어 주었다.

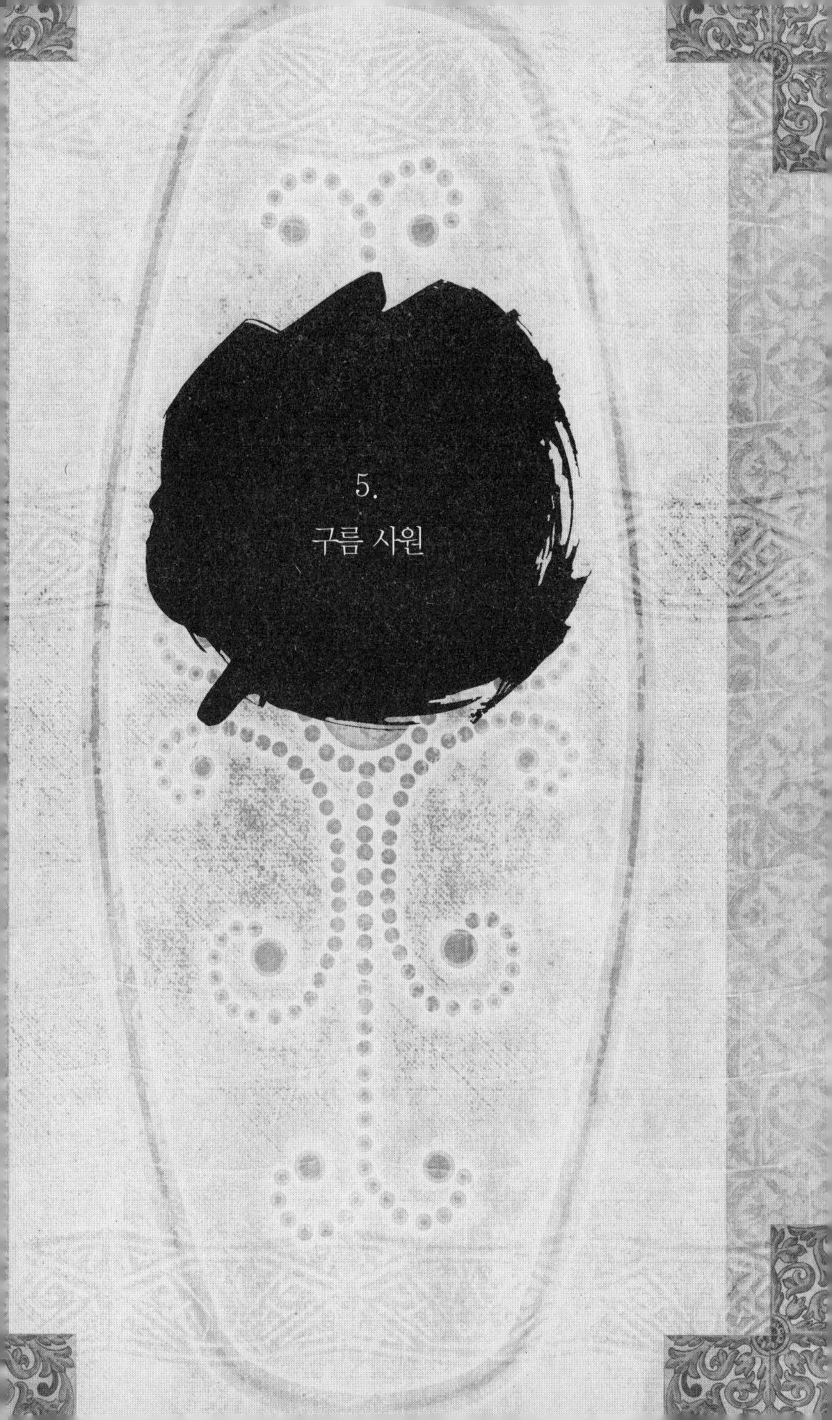

5.
구름 사원

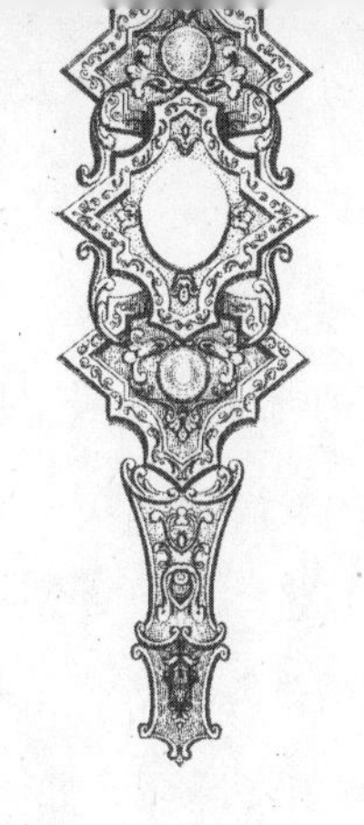

사냥한 짐승의 피를 뿌리는 쇼를 벌였다. 덕분에 스팔라베에서의 일이 끝났다. 남은 건 뿌린 씨앗에서 싹이 나는지 지켜보는 정도였다.

주안점으로 둔 것은 갈등이 끊이지 않는지, 소소한 의견 충돌이 반복되는지, 그리고 새로운 곳을 여행하고 인간들에게 적개심을 가진 이들이 번듯하게 성공하는지였다.

'흠모하다 보면 닮아 가고, 따르기 마련.'

좋아하면 보게 되고 마음이 가면 닮게 된다. 은연중 자신의 가치판단이 흠모하는 이를 닮고 그들의 행동이 영향력을 발휘하는 것이다.

이제까지 스팔라베에서는 훔과 선지자들로 대변되는 현명한 이들이 그 역할을 도맡았다.

하지만 이제 다른 본보기가 생겼다.

불타오르지만 어리석은 바스티스나 자기 즐거움에 취한 클로나를 비롯하여 아슬아슬한 저들이 롤모델로 자리 잡는다면 소통과 비움, 용서의 가치는 자연히 무너질 터다.

그릇된 우상만큼 정신을 타락시키는 것도 없다.

갈등을 조장하는 것이 꼭 욕설과 폭력이 오갈 아무런 이유가 없었다. 바람직한 모습이 아니라 원하는 모습을 보여 주는 것만으로도 충분했다.

'게다가 실망스럽기도 하고.'

셋레인의 전력이 예상외로 강력했던 걸 고려하면 스팔라베는 전력으로 치기엔 부족한 면이 컸다. 제국을 상대로 하려면 적어도 초인 급의 무력을 지닌 이들이 여럿 포진해야 한다.

그러나 요정족은 이면 세계를 넘나드는 것을 제외하면 전투력 자체는 낮은 편이었다.

브라움의 깨달음과 훔이라는 힘은 독특하고 깊이가

있었다. 그러나 적을 참살하고 무력화시키기에는 부족한 면이 많았다. 성정이 순후하다는 문제도 크다.

대지의 요정 중에서 전쟁터 한복판에 떨어뜨려 놓았을 때 사력을 다해서 싸울 이들은 고작 난쟁이들뿐이었다. 그러니 이곳에서 더 시간을 허비하는 건 낭비였다.

'나중에 정말 은거하거나 누군가를 숨겨 둘 때는 쓸 만하겠다만, 그 외엔 영 효용이 없다.'

드문드문 나타나서 제국에 혼란만 일으키는 정도. 딱 그거면 만족했다.

기준점을 대폭 낮췄기에 에일락 반테스 역시 바로 스팔라베를 빠져나왔다. 질풍처럼 내달리는 방향을 북동의 수투트 산이었다.

이번 여로는 내려왔던 길을 다시 올라가는 정도라 정신적인 여유가 충분했다.

에일락 반테스는 이상현으로부터 전해 받은 스킬 중 극의를 보지 못한 것을 하나 더 터득하기로 했다.

먼 거리를 이동하는 탓일까. 혈력과 기력, 마력 중에서 기력에 마음이 갔다.

이쪽 계통의 스킬은 '도둑의 본능'과 '기력 활성'이 남은 상태다. 위기를 감지하여 치명적인 일격을 회피하는 스킬과 신체 능력을 증가하는 스킬이다.

'회피율 상승은 영체화와 관련됐으렷다.'

목숨 부지하는 거면 모를까 최전선에서 싸워야 할 그에게는 맞지 않았다. 언데드라는 특성을 십분 활용하여 뼈를 주고 뼈를 치는 전투를 감행하고 있다.

더불어 자연스럽게 반응하는 회피기술이라손 쳐도 공격 투로가 흐트러질 것이다. 손은 뻗고 있는데 후방의 기습으로 몸이 자연 회피한다면, 자연히 뻗고 있던 손 역시 회피기술의 동작으로 들어갈 테니까.

그 탓에 낙점한 스킬은 기력 활성이었다. 민첩성을 향상하는 효과가 있으며, 이는 이른바 반응 속도와 기민함, 속력이라는 부분이다.

'유연함이랄 수도 있지. 유기적으로 연결해 주는 보완적인 특성도 있으니.'

방향을 잡는 것이 중요했다. 사실 new century의 직업을 통해서 익히는 기본 스킬들은 건축물로 치면 기초 작업이고 주춧돌이나 마찬가지였다.

이를 토대로 어떤 형태의 건물을 지을지는 그야말로 정하기 나름이었다.

기력을 활성화하는 것 역시 분화되는 갈래가 적어도

셋은 됐다. 여기서 어느 것으로 낙점하느냐에 따라 극의 가 정해지며 에일락 반테스가 정의한 기력 활성은 이 효과를 극대화하게 된다.

체내의 기력을 활성화하는 것. 이를 두루 흐르게 하며 온몸을 가득 채우는 일은 수월했다.

그렇다면 향상된 민첩, 유연하며 탄력적이고 민감해진 이 절정의 감각을 어디에 사용할까. 어떤 형태로 빚어내는 편이 나을까.

풍류보와 유수행 같은 보법이 우선은 무난했다.

활성화된 기력의 힘을 오로지 움직임 그 하나에 쏟는다면 음속 그 이상의 경지를 거머쥘 수 있을 것이다. 감히 신속(神速)을 자처할 정도라 말할 수 있었다.

공격에 적용하는 건 어떨까?

기력 활성은 몸에 국한됐기에 딱히 어검술이 진화하거나 광검이 더욱 강력해지는 일은 일어나지 않는다. 대신 검의 경계에 들어왔을 때, 상대가 인지하는 것보다도 빠른, 극한의 쾌검을 쓸 수 있다.

그 속도로 검기를 발산할 수는 없다. 검기의 이동속도가 상대적으로 검속보다 느린 탓이다.

'양수 겸용을 한다면 출력을 낮춰야 할 테지.'

민첩성 향상이라는 본래 효과에 충실히 따른다면 기력을 활성하는 순간, 신체의 전체적인 능력치를 1.5배에서 2배까지 높이는 강력한 버프 형태가 가능했다.

단, 이를 선택하면 신속의 빠르기나 초월적인 쾌검은 얻지 못한다.

스킬을 극의까지 익히며 체내 운용 경로가 그리 틀을 잡는 탓이었다.

사실 에일락 반테스 본인만 생각한다면 고민도 빠르고 선택도 수월했다.

그러나 자신의 심득을 언젠가 이상현이 공유할 텐데, 그때를 고려해야 옳았다. 본신과 분신의 관계인 만큼 스킬의 극의는 자신이 함부로 정의할 게 아니었다.

이상현이 자신의 활동에 관심 두지 않는 것이 아쉬운 대목이었다.

'혈력 집중, 기력 활성, 마력 응집. 이 세 가지를 엮으면 그야말로 대륙이라도 절단할 수 있을 텐데.'

힘을 상승시키는 혈력 집중에 기력 활성과 지혜를 상승시키는 마력 응집을 모두 능력치 증폭으로 맞추면 어떨까. 각각 흐름을 가속하면 각 극의 당 전투력을 최소 두 배씩은 높일 수 있다.

그 힘으로 발테리아스를 쓴다면 최소 여덟 배는 거대한 얼음검이 지축을 뒤흔들 수 있었다. 물론, 반동으로 시전자 역시 몸이 날아갈 테지만, 그 정도는 복구하면 된다. 그야말로 언데드에게 맞는 종말 형태의 궁극기였다.

'이상현에겐 도저히 쓸 구석이 없을 테고.'

지금도 신처럼 군림하는 이상현에게 극강의 기술은 있어 봐야 사족일 따름이다. 거대한 망치보다는 다양한 상황에서 활용할 수 있는 도구 상자가 본신에게 더욱 유용했다.

궁극의 필살기만 익히면 홀로 다 해결할 수 있는데, 본신의 발전에 방해될까 봐 망설이는 에일락 반테스였다. 하여간 이상현도 정말 어지간했다.

말을 걸고 관심을 둘 만도 한데 한 번도 그러질 않는다. 잊었다손 쳐도 이렇게까지 잊고 지낸다니. 필시 모든 염원을 현실세계에서 거진 이룬 탓이었다.

하는 수 없었다. 나중으로 미룰 수밖에. 훗날 극의의 형태를 어찌 정할지 진지하게 대화하기로 하고 우선 현재까지의 상념을 갈무리했다.

북동의 얼음 벌판에 도착하니 실란이 그를 마중했다. 풍경은 제법 이색적이었다. 바다에나 있을 법한 거대한 소라게와 대형 가재의 주검이 언덕처럼 있었다.

흩날리는 눈들이 푹푹 쌓여서 작은 동산을 이뤘는데 그녀는 별안간 왼편을 향해 채찍을 뻗었다.

공간이 이지러지면서 소라게 한 마리가 불쑥 튀어나오는 딱 그 순간이었다.

따뜻한 남쪽 바다가 아닌 차디찬 바람에 당황하는 그때 기습이 가해졌다.

파고든 채찍으로부터 붉은 혈력이 폭발하더니 소라게의 체액이 분수처럼 터져 나왔다.

내리는 눈발에 맞아서 얼어붙으니 아래는 빙판이 되었고 그 위를 다시금 눈이 두텁게 덮었다. 하나의 언덕이 추가됐다.

“심심해서 자주 잡다 보니 제법 손에 익었어요. 스팔라베라는 곳의 일은 잘 마무리되셨나요?”

[나름의 수확이 있었지.]

긴긴 말보다 빠른 것이 분심공과 비밀의 시선을 통한 상념의 공유였다. 에일락 반테스는 무분별하게 모두 공유해 버리는 이상현과 달리 자신의 스팔라베에서의 기억만을 골라 실란에게 전했다.

그녀는 아더문의 망발과 더불어 스팔라베에서 난쟁이들에게 받은 취급을 보고 분기했다.

"눌반이라는 곳을 아예 다져 버릴까요? 난쟁이들을 병사로 쓰고요."

[이 능력 하나만으로 저들은 충분히 제 몫을 다했다.]

아닌 게 아니라 전력 강화에 이보다 좋은 게 또 있을까 싶었다.

이상현이 모든 것을 송두리째 공유하는 것에 비하면 안전장치도 확실하고 범용성도 높았다.

에일락 반테스가 실란에게 우선 전수한 스킬은 마력 응집 스킬이었다.

[혈력의 제어는 물론, 전황을 보는 데 도움이 될 것이다. 지휘와의 조합도 꽤 재미난 결과가 나올 테지.]

실란으로선 한없이 부어지는 내리사랑에 그저 감사할 따름이었다. 스킬을 수습한 그녀가 일대를 돌며 수투트 산을 주제로 조사했던 바를 보고했다.

"산의 주인들은 아무나 만나 주지 않는다고 합니다."

영험한 산인 수투트는 녹지 않는 만년설로 언제나 새하얀 허리를 보이는 산이었다. 짙게 낀 구름으로 봉우리는 한 번도 내비친 적이 없었는데 그 탓에 산의 정상에 오르면 신천지가 열린다는 미지의 소문도 있었다.

실제로 이를 확인하겠다고 넘치는 포부로 오른 이들 중 돌아온 이는 아무도 없었기에 이 소문은 더욱 신빙성을 갖게 했다.

수투트 산이 외지인들에게 허락한 곳은 구름의 아랫부분까지였다.

마력의 발견이 있기 이전, 인간이 짐승들처럼 행동하던 고대에는 하늘 사람이라 불리는 존재가 내려왔다고 한다. 그들은 인간들을 보살폈고 신처럼 숭배받았다고 했다.

"인근 부족민들에게 조사해 본 바로는 천부의 일족은 조인족의 하나인 거 같아요. 그중에서 하이 클래스라는 정도네요."

하늘 사람의 정체는 날개 달린 이종족이었다. 허공을 날며 우월한 조인족을 육체적으로나 이성적으로나 부족했던 인류가 신처럼 숭배했을 뿐이었다.

[산 주변에 비행하는 몬스터가 여럿 보이는구나.]

"산 자체의 효과일지, 천부의 일족에게 몬스터 지배의 능력이 있는지는 모르겠어요. 하지만 유난하리만큼 강력한 비행 몬스터가 많다는 건 사실입니다."

하나하나가 변종이랄 수 있는 이들 몬스터들은 주기적으로 각지에서 모이고 흩어지기를 반복하였기에 그 구성을 딱히 규정할 수 없기까지 했다.

"저 애들만 언데드로 써도 충분하겠는데요? 종류도 다양한데다가 숫자도 최소 수십만일 거예요."

실로 모든 종류의 비행 몬스터가 종합선물 세트로 마련되어 있는 모습이었다. 아열대 기후에서 산다는 나비과의 곤충형 몬스터는 물론, 건조한 암석지대에서 살아가는 동굴 박쥐도 있었다.

"이 지역에서는 산허리에 몸을 감싼 거대한 용이 이따금 아래를 굽어 살핀다는 전설도 있다죠."

마녀가 만들고 바위틈에 숨겨 둔다는 가고일에다가, 추운 지방에서 활보하는 독수리까지 있으니 기후와 환경을 무시한 이상 생태계나 마찬가지였다. 이런 곳에선 뭐가 나타나도 전혀 이상하지 않을 것이다.

"이따금 내려올 때 만나 주십사, 하는 게 아니라면 저들을 영접하는 데 세 가지의 시험을 거쳐야 한다네요. 몬스터 무리를 뚫고 산을 오를 것, 폐쇄된 두 개의 사원에 들어가서 열쇠를 찾을 것, 이를 활성화하여 하늘 문을 열 것입니다."

사원 초입까지는 진즉 올라서 확인해 두었다고 하였다. 천부의 일족이라도 만날까 주의했는데 저들은 산자락에는 얼씬도 않았다고 한다.

모양새가 보스 몬스터를 마주하기 전의 단계와 매우 비슷했다. 조건을 충족시키지 않으면 나타나지 않는다는 부분에서였다. 에일락 반테스가 실란에게 천부의 일족을 자극할 물건에 대해 물었다.

[인간들이 타락하고 미개하다는 증거물은 몇 개나 준비됐지?]

"여덟 개입니다. 생각보다 방비가 허술해서 더 가져왔어요. 나중엔 꼬리가 잡힐 뻔해서 부리나케 도망했지만요."

남하했던 실란이 챙겨 온 물건들은 각기 약탈과 비탄처럼 부정적인 특성의 륜과 화형당한 마녀의 시체, 악마교의 성서를 비롯한 인류의 부정적 역사와 피의 흔적이었다.

살인마들을 효수한 뒤 이들의 물건을 사원에 봉인해 두었는데 실란이 고스란히 뜯어내고 훔쳐 오는 방식으로 옮겼다. 즐비하게 쌓인 위편의 눈더미 속에 보관 중이었다.

"인신공양에 원시적인 형태의 교리들도 가득 있으니 저들이 개종시키겠다며 나설 충분한 자료가 될 거예요."

[저들이 쓸 만한 이들이면 좋겠구나. 방비를 저만큼 할 걸 보면 겁이 많을까 우려된다만.]

"그럼 산을 무너뜨리고 가야지요. 시간 쓴 게 아까우니까요."

말만 나오면 테올드처럼 때려 부수자는 실란이었다. 다 에일락 반테스를 믿고 확 내지르는 응석과 같았다.

우선 즐비한 해양 몬스터의 시체들을 언데드화시킨 뒤 빙벽을 대기하도록 했다. 이후 각 물건을 나눠서 든 뒤 산을 올랐다.

공군 병력이 있으면 전쟁에 매우 큰 도움이 된다. 비행 몬스터들을 보며 군단 규모를 떠올린 에일락 반테스는 수투트 산의 즐비한 재료들을 보고 쓰기 좋게 사냥해 두었다. 실란 역시 오는 족족 죽이며 시체로 길을 만들었다.

코스 요리처럼 탁탁 맞춰 놨기에 이 길을 따라 내려오면서 부활시키면 됐다. 다만 등반 중인 만큼 언데드로 바로 살리지는 않았다.

타락한 인간들의 증거를 보여 준답시고 자신들이 언데드라는 사실을 대놓고 보여 줄 순 없다.

그즈음 피비린내를 맡고 다가온 대형 몬스터인 와이번이 괴성을 질렀다. 도마뱀의 몸에 길고 튼튼한 날개를 휘젓는 산의 포식자였다. 날개를 휘저은 와이번이 쏜살같이 내려와 발톱으로 낚아채려고 했다.

실란의 눈에 붉은 혈기가 감돌며 좌우로 길게 찢어졌다. 혈력을 타고 변이한 육체만큼 그녀의 갑옷이 부풀었다.

내부의 근육을 갑옷이 옥죄는 모습이었다.

와이번이 다가오는 타이밍에 맞게 뛰어오른 그녀가 두 주먹으로 머리통을 그대로 후려갈겼다. 다음은 긴긴 목을 온몸으로 뱀처럼 휘감았다.

시뻘겋게 찢어진 눈과 엑탈렙 갑주가 이음매를 벌릴 만큼 팽창된 근육으로 실란이 몬스터의 목 줄기를 양팔과 양다리로 꽉 조였다. 그리고 좌에서 우로 몸을 흔들며 진자운동을 하더니 팽이처럼 확 돌았다.

칼날조차 튕겨 내는 가죽. 날카로운 비늘. 모두가 무력했다.

꼬이다가 끊어지며 목이 돌아가 버린 와이번의 숨이

끊어졌다. 비틀려 시체에 그녀가 머리를 파묻고 살과 피를 마셨다.

[혈력을 제어하랬더니 더 거침없이 쓰는구나.]

"수위 조절이 가능하니까요. 테올드가 왜 이렇게 싸우는지 알겠네요. 몸을 쓰는 재미가 굉장해요."

[위쪽 녀석들에게 혹 들킨다는 생각은 이미 없는 거지?]

깜짝 놀란 그녀였다. 대장군이 다 책임져주겠거니 하는 응석이 좀 지나쳤다. 혈력을 가라앉히려고 애쓰던 것에서 마력 응집을 믿고 고수위를 유지하기에 생긴 감정적인 모습들이었다.

질펀하고 끈적한 피의 호수 속에서 실란의 변형된 몸이 다시 본래의 모습으로 돌아갔다. 날카롭던 치아가 반듯해지고 찢어진 눈이 인간의 것이 되었다.

"야만족의 여자 용사라고 하면 대충 넘어가지 않을까요? 저부터 먼저 개종시키려고 하면 어쩌죠?"

[맞아도 좋고 아니어도 좋지. 괜찮다.]

당연하달 수 있는 대답을 듣고 그녀는 한결 가벼운 마음으로 길 안내를 했다.

첫 번째 열쇠가 있는 곳은 구름 사원이었다.

담이 세지 않은 자는 그대로 심장마비가 올 만큼 한 치 앞도 내다볼 수 없는 안개에다가 훅, 바람이 불면 바닥을 헤아릴 수 없을 만큼 깊은 낭떠러지가 모습을 드러냈다.

그 이름대로 운무에 휩싸인 절벽 끝 석상에 자리한 버려진 사원이었다. 길은 험난했다. 긴 협곡 사이에 있는 줄다리 이후 암벽을 등반하듯이 수직으로 난 손잡이가 있었다.

누가 절벽에 삐걱이는 계단을 박고 철근을 심었는지 모르겠지만, 오랜 세월로 삭은 밧줄에는 널빤지만도 못한 나뭇조각 따위만 남아 있는 상태였다.

"몬스터들한테 공격받으면서 여길 통과하라는 그런 방식이었죠. 의외인 건 보기보다 정말 튼튼하다는 거였어요. 금방 복구도 됐고요."

보수하는 이 없건만 형태는 고스란히 유지되고 내구성 역시 철근 못잖았다. 에일락 반테스는 그녀의 갑옷을 가리키며 말했다.

[보기엔 엉성하지만 결단코 부서지지 않는다. 저 하나하나가 나름의 룬인 셈이지.]

엑탈렘은 자가 수복 능력이 있다. 륜의 불멸성 역시 잊히지 않는 것에 있었다. 사원으로 향하는 계단도 수투트라는 이름에 기대어 남아 있는 것이었다.

이곳뿐만이 아니라 세계 곳곳의 고대 사원이 다 같은 형태였다. 다만, 일반적으로는 사원 내부의 석상이나 조형물에 기원이 깃들지, 이렇게 오르는 계단부터 오르기 어렵게끔 하지는 않았다.

띄엄띄엄 있어서 징검다리 밟듯 껑충 뛰어야 할 만큼 조잡한 다리인 까닭은 시험에 있었다. 벽에 그어진 빗금들이 그의 심상에서 떠돌았다.

[여기 고난의 길이라고 쓰여 있구나.]

"고대어에도 정통하셨군요!?"

[네게도 전수해 주마.]

기본 스킬의 유용함은 나눌수록 좋았다.

고요의 정신을 전달해 주자 실란 역시 벽 곳곳에 새겨진 글자들을 읽을 수 있었다. 주로 천부의 일족에게 소원하거나 아버지, 어머니, 아들, 딸처럼 가족의 이름과 사랑하는 이들이 벽에 적혔다.

수투트라는 이름과 구름 사원으로 향하는 고난의 길에서 마음을 다독인 흔적이었다. 아울러 다리 중간 즈음에 있는 시련에 대한 정보도 나왔다.

—회색의 판자는 공포다. 찐득찐득한 흙구덩이에 빠진 것처럼 발이 더뎌지고 무겁다.

—붉은색의 판자는 고통이다. 송곳에 찔리고 불에 타는 통증이 두 다리를 휘감는다.

—푸른색의 판자는 정적이다. 아무도 보이지 않고 오직 아래만 보인다. 손짓하는 이들이 보인다. 그 손을 맞잡으면 죽음뿐이다.

—세 가지 시련을 이기는 자, 하늘문의 열쇠를 얻을 것이다.

실란이 잠시 후 고개를 끄덕였다.

"그래서였구나. 저는 몬스터 하나를 잡아서는 저편까지 날아갔었는데, 끝에 가면 아무것도 없었어요. 그런 식으로 인근을 탐사했는데, 저 계단을 다 밟지 않으면 사원은 나타나지 않는 거였네요. 봉인이 있다는 것조차 전혀 눈치채지 못했어요."

[위상 공간이겠지. 셋레인에서 악인곡이 이와 같은 구조였다. 열쇠가 있어야만 인식할 수 있더구나.]

위치를 확신하였을 때는 비밀의 시선으로 강제 해제가 가능하긴 했다. 하지만 절차를 밟기로 했으니 한쪽 발을 널빤지에 올렸다.

삭은 두 개의 밧줄에는 부서지고 이빨이 듬성듬성 난 널빤지가 계단처럼 있었다.

그때 충돌음이 발로 느껴지더니 널빤지가 그대로 쪼개져서는 밑으로 떨어졌다.

"역시 환혼력! 계단 따위가 버티지 못하는 모양이네요?"

[아니, 조금 다른 듯하다. 언데드를 감지하는 데 특화된 것 같구나.]

분심공으로 갑옷과 검을 거두었음에도 같은 현상이 일어났다. 타락한 증거라고 보여 주려던 물건들 때문이었다. 정확하게는 부정적인 욕망으론 오르지 말라는 메시지였다.

고고한 천부의 일족답게 소원도 가려서 받는 모습이었다.

에일락 반테스는 실란의 것까지 모두 넘겨받고 인벤토리를 추가로 열어 보관했다. 그런 연후에야 널빤지는 부서지지 않았다.

다만 실란은 여전히 고난의 길이 허락지 않았다. 언데드의 잔향을 완벽하게 숨기지 못하는 탓이었다.

[하는 수 없지. 업히거라.]

"예? 제가요? 대장군님의 등에 말입니까?"

[아버지의 등이다.]

화들짝 놀라는 그녀가 한마디에 잠잠해졌다. 머뭇머뭇하더니 와서는 업혔다.

처음엔 어깨를 잡았고 나중엔 끌어안듯이 양손을 맞잡았다.

허벅지를 박쳐든 에일락 반테스 역시도 그녀가 불편하지 않게끔 보행에 신경을 썼다.

걸음을 속행했다. 경고문구로 있던 세 가지 판자와 공포와 고통, 정적이라는 시련은 그저 색상만 다른 널빤지에 불과했다.

정신 공격으로 에일락 반테스를 무너뜨리는 건 신이 직접 권능을 행사하더라도 미지수다.

마지막 널빤지를 밟고 땅을 밟았다. 그러자 저편으로 절벽이 나타나더니 그 위쪽으로 둥근 지붕 형태의 이색적인 사원이 모습을 드러냈다. 구름 사원이었다.

[이번엔 고행의 절벽이로군.]

이번에는 조금 전보다 벽에 적힌 글귀가 적었다. 고행의 다리를 통과한 이들이 그만큼 적었던 탓이리라.

그즈음 실란은 뒤를 보고 있었다. 등에서 내려온 그녀는 조잡한 다리를 가리켰다.

"이거 떼어 갈까요? 나름 절반은 륜이니까 쓸모가 있을지도 모르는데."

[기념 삼아서 가져가는 거면 모를까, 그다지 효용이 있어 보이진 않는구나.]

소풍 나온 듯한 실란의 태도였다. 이를 보던 에일락반테스가 말했다.

[다시 업혀야겠다. 이 절벽도 비슷한 구조니까.]

이번에는 머뭇거림 없이 바로 등에 업혔다.

암벽 등반을 강요하는 고행의 절벽에는 손을 고정할 틈이 있다가 없는 구간이 나타났다. 그야말로 옴짝달싹도 못하게 하는 그 구간에서는 몸을 날려 저편으로 이동하는 용기와 실력이 필요했다.

"원혼들도 있어요. 잡히면 벽에 달라붙어 버리나 보네요."

중요한 것은 타이밍이었다. 없애 버릴 수 있지만 그러면 고행의 절벽을 만든 취지에 어울리지 않았다. 여러

모로 번거롭게 하는 제약이었다.

—나와 함께 영원히 쉬자.

—살아 고통받아 무엇하랴…….

—오라…… 안식의 세계에서 머물라.

구슬프게 흐느끼는 말들이었지만 죽음을 진즉 경험한 이들에겐 코웃음도 나오지 않았다.

아래에서 본 구름 사원은 오를수록 점점 실체를 띠어 갔다.

처음엔 윤곽만 보이는 석상과 큰 돌문이 자리한 건축물이었다. 가까워지자 겉의 두리뭉실한 형태가 석공의 망치와 정에 쪼개지듯 그 결을 보였다.

마침내 두 손과 발이 절벽 위에 당도하자 완벽하게 실체화되었다.

구름이자 운무로 보이는 짙은 안개 너머, 큰 바위의 정문이 보였다. 홀로 스르르 열린 문 너머에는 왼편과 오른편에 쭉 늘어선 조각상이 있었다.

3미터 크기의 석상들은 자신의 몸보다도 큰 날개로 몸을 감싼 채 가슴에 창을 품은 전사의 형상이었다.

'이만하면 기대해 볼 만하다.'

악인곡이라는 격리 공간에 들어갔던 방식과 달리 고행의 계단과 절벽을 밟고 건드리면서 서서히 구름 사원이 다가온 형태였다. 같은 기법의 다른 응용이었다.

이런 능력이라면 최소 라훌 일족 이상이다.

13권에서 계속

스펙테이터

1판 1쇄 찍음 2015년 8월 13일
1판 1쇄 펴냄 2015년 8월 18일

지은이 | 약먹은인삼
펴낸이 | 정 필
펴낸곳 | 도서출판 **뿔미디어**

기획 · 편집 | 정서진, 윤영상

출판등록 | 2002년 9월 11일 (제1081-1-132호)
주소 | 경기도 부천시 원미구 소향로 17(두성프라자) 303호 (우)420-864
전화 | 032)651-6513 / 팩스 032)651-6094
E-mail | bbulmedia@hanmail.net
홈페이지 | http://bbulmedia.com

값 8,000원

ISBN 979-11-315-6708-1 04810
ISBN 979-11-315-0000-2 04810 (세트)

※파본은 구입하신 서점에서 교환하여 드립니다.

BBULMEDIA

http://www.bbulmedia.com